KB057841

민요기행 2

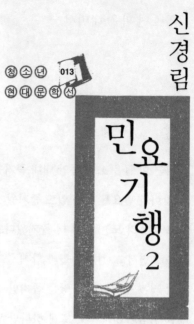

신경림

청소년
현대문학선 013

민요기행 2

이보름 그림

문이당

청소년 판을 내면서

나는 이 글을 쓰는 동안 내내 즐거웠습니다. 민요가 남아 있는 마을을 찾아가 민요를 듣는 일도 즐거웠지만, 민요를 부르는 사람들과 만나고 어울려 노는 일이 더 즐거웠다고 말할 수 있을 것 같습니다. 이 글을 쓰면서 그 점 독자들과 함께 즐기기 위해 노력했습니다. 또 즐거웠던 것은 우리나라가 땅은 좁지만 결코 작은 나라가 아니라는 것을 깨달은 점이었습니다. 고개 하나만 넘으면 조금씩 삶이 다르고 개울 하나만 건너면 무언가 문화가 달랐습니다. 그만큼 다양하고 다채로운 나라를 땅이 좁다고, 어떻게 좁은 나라 작은 나라라고 말할 수 있겠습니까. 더욱 기뻤던 것은 그 많은 서로 다른 삶, 서로 다른 문화를 하나로 어우르는 큰 모양 큰 무늬가 있다는 것을 발견했기 때문입니다.

바야흐로 먼 나라가 바로 이웃이 된 세계화 시대에 우리는 살고 있습니다. 이웃 나라 문화를 외면하고는 아무 일도 할 수 없다는 말도 많이 듣습니다. 옳은 말이지요. 그러나 우리 문화를 제대로 알지 못하고는 이웃 나라 문화를 올바르게 알 수 없습니다. 지구 위의 어떠한 나라의 문화도 다른 나라의 문화와 완전히 떨어져 있는 경우란 없다는 점도 생각할 필요가 있을 것입니다.

하지만 나는 이 책을 너무 생각하지 말고 즐겁게 읽으라고 권합니다. 나와 함께 전국 방방곡곡을 누비는 마음으로 즐기라고 권합니다. 기회가 닿으면 이 책에 나오는 고장 한 번쯤 찾아가 그 옛 노래가 아직도 남아 있는지 확인하는 일도 즐거운 일이 되겠지요.

2005년 가을

신경림

차례 민요기행
2

청소년 판을 내면서 ··· 4

추풍령 넘나드는 노래와 삶 ··· 9

모시와 산유화와 백제의 한 ··· 18

동해안의 풍물과 하회 탈춤 ··· 34

덕유산 둘레의 사람들 ··· 54

남해안의 놀이와 노래 ··· 72

중부 지방의 놀이패와 농요 ··· 92

지리산 산자락의 옛 문화 ··· 107

'노가바'에서 '돈돌날이'까지 ··· 120

영남 산줄기의 산사와 노래 ··· 134

해서(海西)의 정서와 꿈 ··· 150

의병의 발자취와 탄광 지대 ··· 163

남도 황톳길의 노래와 씻김굿 ··· 177

남한강의 뱃길 천 리 ··· 189

신경림 연보 ··· 205

추풍령 넘나드는 노래와 삶

설계리 모내기 노래

첫 번째로 간 곳은 영동읍 설계리다. 이곳은 친구 구석봉 시인의 고향으로 그는 나를 찾아와 설계리에 예로부터 불리던 모내기 노래가 있으니 꼭 가서 들어 보라고 권했다. 그래서 계획을 세워 놓고 있는데 구석봉 시인의 부음이 들려왔다. 장지가 바로 영동읍 설계리였다.

산 밑에 들어앉아 있는 설계리는 100여 호가 사는 마을로 마을 한가운데를 뚫고 지나가는 큰 개울과 언덕배기에 드문드문 펼쳐진 포도밭 때문에 풍요로워 보인다. 노래를 듣기 위해 서병종 씨를 찾았으나 구석봉 시인의 산역*에 가고 없다.

읍내로 되돌아와 시장 안 허름한 식당에서 국수와 막걸리를 먹고, 서울에서 도착한 영구차를 타고 다시 설계리로 들어가 묘소에

* 산역(山役) : 무덤을 만드는 작업.

이르니 마을 사람들 수십 명이 산 일을 하고 있었다. 우리가 찾던 서병종 씨도 일하고 있다. 예식이 끝난 뒤에야 비로소 우리는 그를 불러 설계리 농요에 대한 얘기를 들을 수 있었다.

서병종 씨는 이 마을에서 7대째 살고 있는데 군대에 간 것 말고는 한 번도 이 마을을 떠난 일이 없다. 설계리 농요는 그가 어릴 때부터 모내기 때, 김맬 때면 으레 불렀으며 가을걷이 때도 더러 하는 소리를 들었다. 한때 쇠퇴하기도 했으나 지금은 일할 때면 당연히 부르는 노래가 되었다. 이 농요는 제16회 전국 민속 경연 대회에서 최고상을 받기도 했다.

설계리 농요에는 세 가지가 있는데 모찌기 노래, 아시매기 노래, 두벌매기 노래가 그것이다. 모찌기 노래는 모 심을 때도 노랫말만 바꾸어 같은 가락으로 부르는데 한 명이 앞소리를 메기면 여러 명이 뒷소리로 받는 것은 다른 고장의 모심기 노래와 같지만, 뒷소리가 앞소리를 따라 하는 것이 아니라, 앞소리의 사설에 맞춰 뒷소리가 대꾸하듯 부르는 것이 특색이다.

아시매기란 첫 번째 논매기를 말하는 것으로 이때 부르는 노래가 아시매기 노래인데, 이 노래의 특징은, 거의 사라져 찾아보기 어려운 5음 음계 계면조 노래라는 점이다. 가락은 느리고 부르기 힘들며, 4박 계통의 8분음 12박자에 속하는 장단을 가졌다. 그래서 노래를 부를 때도 힘이 들기 때문에 두 패로 나누어 앞소리 뒷소리를 주고받는다. 다른 농요에 비해 이 노래를 덜 부르는 까닭도 부르는 데 힘이 들기 때문이라 한다.

　이에 비해서 두벌매기 노래는 빠르고 힘찬데, 그것은 아시매기가 호미를 갖고 천천히 매는 일이고 두벌매기는 맨손으로 땅을 훑으며 빨리 매는 일이기 때문이기도 하다. 또 앞소리가 사설을 만들어 불러 나가면 여러 사람이 뒷소리를 받는데 앞소리를 똑같이 되풀이하는 것이 특징이다. 따라서 앞소리도 짤막하다.

어러구 저러하네
에헤야 산이가 저러하네
우리 일꾼들 썩 잘도 매네
앞배루재빌랑 찍어나 댕기고
뒷배루재빌랑 밀어나 주게
이삼십이 넘어서면
기운 없어 못 파겠네
앞나걸랑 그만두게
개구망둑 두지 말고
제구녁백이로 파올려라
이 논배미 얼른 매고
장수배미로 올라 나서자
장잎이 훨훨 영화담에
우리가 언제나 이걸 하면
농군에 보배는 농사로다
유산자 무산자 탄식을 말고

부귀와 영화는 돌고 돌아간다
우리네 일꾼들 썩 잘도 하네 ─㉮

이러구 저러구 한다
이러구 저러구 한다
어허 농사 일꾼들아
어허 농사 장하도다
배루재비는 앞을 서고
이쪽저쪽 후려 쥐자
이 논빼미 심은 모를
돌고 돌고 돌고 보니
우리 농군들 잘도 한다
앞에 다리는 돋아 놓고
뒤에 다리는 비쳐 들고
앞을 잡아 나가 보니
칼등 같은 논둑이 나와
어허 농사 일꾼들아
오향으로 둘러 잡아
배루재비 따라드니
차츰차츰 벋어난다
이러저러 패고 보니
우리 앞을 다 맸구나
이 앞을 둘러놓고
어허 농사 일꾼들아
어허 농사 장하도다 ─㉯

㉮는 아시매기 노래이고 ㉯는 두벌매기 노래로, 아시매기 노래
에는 대목마다 후렴 "에헤야 산이가 저러하네"가, 두벌매기에는
"이러구 저러구 한다"가 붙어 있다.

모찌기 노래를 잘 부르는 서정숙 할머니는 외출 중이어서 미리
녹음해 놓은 것만 들을 수 있었는데, 늦모를 노처녀에 비유하여
빼어난 노랫말을 가진 늦모찌기 노래 한 대목만 여기 옮겨 본다.

    에워 주세 에워나 주세
    노처녀를 에워나 주세
    노처녀에 병난 것은
    노총각이 약이로다

내일 일찍 상촌에 가기로 하고 일단 영동 읍내에 들어와 숙소를
잡았다.

추풍령 아래의 당제

상촌에 가기로 한 것은 추풍령 근처의 동제(洞祭)를 보기 위해
서다. 지금은 많이 없어진 동제를 상촌에서는 지금도 세 군데서나
지낸다고 들었다.

동제를 지내는 세 군데 중 하나인 물한리는 상촌에서 버스를 타
고 한 시간 넘게 가야 한다. 차창 너머로 보이는 마을에는 집집마

다 감나무가 서너 그루씩 서 있고 집 뒤는 새파란 대나무 밭이라 아름답다. 밭이며 산비탈에는 온통 감나무가 뒤덮고 있다. 또 웬만한 집에는 높다랗게 누각이 서 있는데, 이것은 감을 벗겨 말려서 곶감을 만드는 곶감 건조대라 한다. 과연 곶감이 많이 나는 고장답다.

상촌면 소재지인 임산은 영동군에서도 가장 깊은 산속 고장이라던 말과 달리 꽤 번창해 보였다. 오토바이와 경운기가 쉴 새 없이 오가고 무싯날(장이 서지 않는 날)인데도 장거리에 사람이 많은 것이 자못 활기찬 고장이라는 느낌을 준다. 알고 보니 이곳은 금광 고을이다. 지금은 모두 폐광이 되었지만 한때는 황학산의 황학 광산, 돌고개의 삼보 광산, 버드실의 대일 광산에서 노다지가 쏟아졌다 한다.

먼저 이로리(二老里)로 가기로 했다. 이로리는 상촌 장터에서 5리쯤 떨어진 작은 마을이다. 동네 앞을 울창한 소나무숲이 막아서고, 동네에서 해마다 정월 초이튿날 제를 올리는 당나무는 그 소나무숲 속에 있었다. 20여 호의 작은 동네는 조용했다. 우리가 찾아간 남만우 씨는 우리가 동제 얘기를 듣기 위해서 왔다니까 우리나라에 동제 안 올리는 동네가 있냐고 반문했다. 동제 올리는 마을이 많지 않다는 사실이 아무래도 이해되지 않는 것 같았다. 제관도 여러 번 한 일이 있는 그는 찾아온 것이 고맙다면서 우리가 묻는 대로 이 마을의 동제에 대해 상세히 설명해 주었다.

14

다른 고장 동제가 대개 정월 열나흗날인데 이 마을 동제는 정월 초이틀인 것이 특징이다. 제관은 작년까지만 해도 동리 사람 가운데서 생기복덕이 맞는 사람*을 골라 뽑았는데 일단 제관으로 뽑히면 동제를 마칠 때까지 이웃 흉사 같은 데는 절대로 가지 못한다. 제사는 초이튿날 자정에 제관 혼자서 당나무 아래 돌로 만든 제상에 삼색 과실과 술 등 제물을 차려 놓고 촛불을 켜고 지내며 이튿날 아침 동네 사람이 모두 모여 음복한다.

　　동제는 온 동네의 병과 재앙을 막아 주고 풍년이 들게 해 달라는 기원으로서, 동민의 단결과 협동을 튼튼히 하는 역할도 하며, 동네가 생기면서 시작되었으니까 그 역사도 수백 년이 되었다. 그가 기억하는 한 전쟁 때도 한 번도 거른 일이 없으며, 안 지낸다는 일은 생각할 수도 없다는 것이다.

　　곶감 곳에 왔으니 곶감 한 꼬치 안 먹고 가면 예가 아니라면서 그가 며느리를 시켜 내온 곶감을 두어 개 얻어먹고 집을 나와 동네를 다시 한 바퀴 돈 다음 큰길로 나왔다. 30여 분을 걸어 장터에 도착한 후 두 번째 목적지인 물한리 가는 버스를 탔다.

　　물한리는 상촌의 남쪽 끝 마을로 드문드문 산자락에 자리 잡은 마을들은 감나무와 곶감 건조대와 호두나무로 더없이 평화스러워 보이면서 그림처럼 아름답다. 대문이 감나무에 기대어 서 있는

* 생기복덕이 맞는 사람 : 덕이 있고 복이 있고 행실이 깨끗하고 궂은 일을 당하지 않은 깨끗한 사람.

가겟집 앞에서 내려 조그마한 동산으로 올라갔다. 금줄이 쳐진 한 가운데 당집은 헐려 있고 석상으로 된 당할머니는 나동그라져 있다. 이 당집은 새마을 운동이 시작된 직후 이러한 미신이 우리를 못살게 만든다는 이유로 강제 철거되었고, 당할머니는 파괴되었다. 그러나 나라에서 아무리 막아도 동네 사람들은 이 동산으로 당집을 옮기고 당할머니도 옮겨 모시고 몰래 동제도 지냈다. 그러나 이것을 안 나라에서는 당집을 부수었고 동네 사람들은 다시 당집을 짓고 당할머니를 모셨다. 이렇게 몇 해 동안 반복하다 지친 마을 사람들이 부숴진 당집 그대로 동제를 올리기로 했다. 이것이 오히려 더 신령님을 감동시켜 동네에 재앙과 병을 막아 주고 풍년을 가져오게 해 주리라 믿게 된 것이다.

동산에서 내려와 내를 건너서 언덕 마을로 들어서 본다. 한 집 앞을 지나니 마당에서 노인이 장작을 패고 있다. 제관을 지낸 일이 있는 분을 만나 동제에 대한 얘기를 듣고 싶다고 했더니, 바로 자신도 제관을 지낸 일이 몇 번 있다고 했다. 10대째 이 동네에서 살고 있는 정영창 씨는 한 번도 이 동네를 떠나 본 일이 없는 사람이다. 그는 아주 어려서부터 동제에 대한 추억을 가지고 있는데, 가장 기뻤던 일은 열나흗날 밤 동제를 지낸 다음 날 아침 음복하는 일이었다. 이 자리에서 삼색 과실은 아이들 차지였기 때문이다.

물한리의 동제는 정월 열나흗날 밤 자정에 지낸다. 여기에 들어가는 비용은 마을 100여 호 주민들에게서 소금씩 걷었으며, 제관은 돌아가면서 하는데, 생기복덕이 맞는 사람 가운데서 뽑는 것은 다른 곳의 동제와 같다. 제관으로 정해진 사람은 그날부터 일체 궂은 일에나 궂은 일이 일어난 집에는 발걸음을 않는다.

　제사는 제관이 혼자서 지내며, 제물 내용은 이로리와 크게 다르지 않다. 다음 날 아침 동네 사람들이 함께 음복하는데, 이 음복에 참여하는 것은 곧 신령님이 내리는 복을 함께 나누어 갖는 것이 되며, 그 때까지 서로 사이가 나빴던 이웃이 있으면 이 자리에서 화해도 한다는 것이다.

　제사는 일반적으로 한밤중에 제관만 참여하지만, 지방에 따라서는 제관 이외에 동네 유지가 참여하거나, 동네 사람 모두가 참여하는 곳도 있다. 소지가 끝나고 제물을 물리면 동제의 마지막 행사인 음복이 있다. 이 '음복'은 제관 및 주민 일동이 신령님이 손을 댄 음식의 나머지를 먹음으로써 간접적으로 신령님 잔치에 동참하고 신령님의 보살핌 아래 동네 사람이 모두 한 가족같이 지내자는 뜻을 지닌 것이다.

모시와 산유화와 백제의 한

마지막 보부상 김재련 노인의 역마살

차령산맥 이남의 서천, 보령, 부여, 비인, 남포, 홍산, 임천, 한산 등 충남의 남쪽 여덟 고을을 저산팔읍(苧産八邑)이라고 한다. 모시가 나고 그 거래가 활발한 고을이라는 뜻이다. 옛날 이 고장 보부상은 이 저산팔읍을 중심으로 짜여져 있었는데, 그들이 취급하는 가장 주된 품목이 모시였기 때문이다.

보부상 조직의 유품과 유물이 중요 민속 자료 30호로 지정되어 지리적으로 여덟 읍의 중간 지점이 되는 홍산에 남아 있다. 이 유품과 유물을 보관하고 있는 이가 마지막 보부상으로 알려져 있는 김재련 노인이다.

그는 보부상들이 쓰던 유물, 유품을 보관하여 후세에 전해 줌으로써 자손들에게 보부상이 어떤 일을 했으며, 어떻게 조직돼 있었는가를 알게 하는 일이 자신이 이 세상에서 마지막으로 할 일이라고 했다. 자신의 노력으로 홍산면 남촌리에 보부상 유물 전시관을 짓게 된 일을 자랑스럽게 얘기했다.

그가 보부상으로 나선 것은 스물네 살 때, 집이 가난해서가 아니라 역마살 때문이었다. 그는 모시, 건어물, 포목, 유기, 필묵 등을 지고 저산팔읍과 청양, 대흥, 홍주, 공주 장을 두루 떠돌아다녔다. 그러나 봇짐장수, 등짐장수의 떠돌이 생활은 고달픈 데다 천대가 심했고, 일제 경찰의 핍박이 심했다. 그는 주재소에 끌려가 뭇매질을 당한 것이 한두 번이 아니었는데, 독립 운동가들의 연락과 자금 전달을 도왔다는 혐의 때문이었다 한다.

홍산에도 보부상과 관계 있는 노래가 있어, 「한국 민속 종합 조사 보고서」 제13책(문화공보부 문화재관리국 간)에 보면 1982년에 4수가 수집돼 있다. 그러나 나는 유감스럽게도 그 때의 제보자는 찾지 못했고 김재련 노인이 3월 11일 총회에서 새로 뽑은 영위를 모시면서 불렀던 노래 중에 한 대목을 들었을 뿐이다.

계화계화계계화자 좋소(되풀이)
태조대왕 등극 후에
우리 생명 건져 냈소
(되풀이)
영위 대감 반수 영감
듣잡시요
(되풀이)

시제 영감 요중 영감

모시고 들어갑시다

(되풀이)

오늘이 며칠이냐

삼월 열하룻날입니다

(되풀이)

우리가 살면은

몇백 년 사나요

(되풀이)

죽음으로 보은(報恩)

충성합시다

(되풀이)

산천초목은

젊어나 가지만

(되풀이)

우리네 인생은 왜 이리

늙어만 가나요

(되풀이)

저산팔읍으로 길을 잡으면서 나는 백제 유민의 노래로 알려져 있는 부여의 「산유화가(山有花歌)」와 함께, 보고서에 나와 있는 보부상 노래 몇 수를 들을 수 있으리라는 기대를 가졌다. 또한 백제의 옛 땅인 금강 유역, 비산비야의 기름진 땅에 심어진 독특한

삶과 문화를 제대로 보리라 마음먹었다.

백제 유민의 노래, 「산유화가」

대전까지 고속버스로 가서 부여로 가는 직행 버스를 탔다. 부여
에 내려서는 먼저 문화원에 있는 김인권 씨를 찾아갔다. 「한국 민
속 종합 보고서」(1982)에 따르면 부여의 「산유화가」를 세도면의
박흥남, 이용성 씨에게서 들은 것으로 돼 있어 우리가 그리로 가
겠다고 말하자, 김인권 씨는 그럴 필요가 없다고 했다. 이용성 씨
는 지금도 세도면에 살고 있지만 박흥남 씨는 원래 부여 읍내에
살면서 국악원을 하고 있으니, 그에게 가면 노래에 얽힌 얘기도
들을 수 있다는 것이었다. 우리는 읍내 뒷산 입구에 자리 잡고 있
는 국악원에 찾아갔다.

박흥남 씨는 아들 넷과 딸 둘을 모두 객지에 내보내고 혼자 이
국악원에서 후진들에게 노래와 장구 등을 가르치며 살고 있다.

"젊어서도 가족과 함께 오순도순 사는 재미는 몰랐응께. 이렇
게 제자들한테 노래 가르치고 또 나도 노래 부르고 사는 게 더없
이 좋아유. 제자들이 친자식보담두 더 좋은 걸유."

어려서부터 노래를 좋아하고 농악에 빠져 쇠나 가죽으로 만든
악기는 못 다루는 것이 없었던 그는 스물일곱 살이 되던 해에 '부
안(富安) 여성 농악단'을 만들어 전국을 돌기 시작했다. 한때 대

단한 인기를 누리던 농악단은 전 재산을 도둑맞은 후 고생이 시작되었고 농악단이 흩어진 후 그는 이 집 저 집 떠돌아다니며 막일을 했다. 노래에 재능이 있던 그는 이 지방의 들 노래인 「산유화가」를 배웠고 노래에 곁들여, 장구, 꽹과리, 북, 징, 무엇 하나 못하는 것이 없어 모내기 때나 김매기 때가 되면 이 집 저 집으로 불려 다녔다. 그러다 그는 「산유화가」의 명인이 된 것이다.

"노래 가락에 밴 백제 유민의 한 같은 게 어찌 그리 내 마음하구 똑같던지! 결국 이 노래에 미쳐 이 고장 사람이 된 거지유."

그러나 그가 재주가 좋아 이 노래를 몇 번 듣고 배운 것은 아니다. 처음 그가 이 노래를 들은 곳은 세도면 장산리였는데, 홍종관 옹(일명 중기)이 앞소리를 하고 마을 사람들이 뒷소리를 했다. 그는 틈나는 대로 홍종관 옹을 찾아다니며 배우고 국악원을 연 뒤로는 아예 모셔 놓고 배웠다. 이 「산유화가」는 홍종관 옹은 김학수 옹에게서, 김학수 옹은 임윤필 옹에게서 전수받은 것이다. 지금 이 국악원에는 20여 명이 장구 등 사물과 함께 「산유화가」를 배우고 있고, 특히 부여 읍내의 김영구, 세도면의 조택구 씨 등이 「산유화가」를 이어받고 있으니, 그는 이 노래의 맥을 잇게 해 주는 일을 큰 보람으로 여기고 있다고 했다.

「산유화가」는 ①긴 산유화가(모를 느리게 심는 노래), ②잦은 산유화가(빨리 심는 노래), ③김매기 노래, ④벼 바심 노래(타작 노래), ⑤벼 부치는 노래(키질하며 부르는 노래), ⑥노적 노래(벼

쌓으며 부르는 노래)로 이루어져 있다. 박홍남 씨는 「긴 산유화가」
만 불러 주고 나머지는 테이프로 들으라면서 미리 녹음한 테이프
하나를 주었는데, 선창 12박, 뒷소리 3박으로 돼 있는 「긴 산유화
가」는 선이 굵고 굴곡이 심하며 꺾는 목 역시 선이 굵고 느린 점
등으로 미루어 남도 소리 계열에 속하는 것으로 생각되었다. 다른
고장의 들 노래에는 없는 백제의 고도(古都)다운 노랫말 몇 대목
만 적어 본다.

헤~ 헤~ 헤~ 헤 —야~ 헤헤~
에~ 헤~ 에~ 여루 상~ 사~ 뒤~ 요~(되풀이)
궁야평 너른 들에
논두 많구 밭두 많다
씨 뿌리구 모 욍겨서
충실허니 가꾸어서
성실하게 맺어 보세
(되풀이)
산유화야 산유화야
오초(吳楚) 동남 가는 배는
순풍에 돛을 달고
북얼 둥둥 울리면서
어기여차 저어가지
원포 귀범이 이 아니냐
(되풀이)

산유화야 산유화야

이런 말이 웬말이냐

용머리를 생각허면

구룡포에 버렸으니

슬프구나 어와 벗님

구국 충성 못 다했네

(되풀이)

산유화야 산유화야

입포(笠浦)에 남당산은

어이 그리 유정턴고

매년 팔월 십육 일은

웬 아낙네 다 모인다

무슨 모의 있다든고

(되풀이)

산유화야 산유화야

사비강 맑은 물에

고기 잡는 어옹덜아

온갖 고기 다 잡어두

경칠랑은 낚지 마소

강산 풍경 좋을시고

(되풀이)

「산유화가」 여섯 노래 가운데서 가장 특이한 것은 벼를 쌓으면
서 부르는 「노적 노래」다. 나머지 들 노래에 비해서 템포도 빠르

고 힘도 있으며 다른 지방에서는 벼를 쌓으면서 노래를 부른다는 얘기를 들어 보지 못했다. 대목마다 "받어라 받어라"가 되풀이되는 노래는 가락도 매우 독특하다.

오동추야 달 밝은 바람에(되풀이)
임 생각이 간절하구나(되풀이)
내가 주면은 네가 받고(되풀이)
네가 주면은 게서 받아라(되풀이)
강상에 둥실 떴는 배는(되풀이)
십리장강 벽파상에(되풀이)
왕래하는 나룻밴가(되풀이)
만고오 영웅들도(되풀이)
이 밥을 먹고 났네(되풀이)
이 곡식을 장만해서(되풀이)
나라에 세미하고(되풀이)
선영봉사럴 하여 보세(되풀이)
염제 신농씨는 농사법을 만들었네(되풀이)
후생들이 본을 받어(되풀이)
이 농사를 지었다네(되풀이)
산유화야 산유화야 우리 성군 만만세요

은산 별신굿 백제 패장들의 한 닮아

별신(別神)굿으로 널리 알려진 은산(恩山)은 부여읍에서 서북쪽으로 8킬로미터 떨어져 있는 면 소재지다. 옛날에 큰 역이 있던 곳으로, 지금도 교통의 요지이며 저산팔읍 물산의 집산지로서 하루와 엿새에 큰 장이 선다. 마을은 면 소재지로서는 엄청나게 큰 편이어서 400여 호에 이른다. 마을 뒤에 당산이 있고 당산 남쪽에 숲이 있고 그 아래에 당집이 있다. 이 당집이 별신굿을 지내는 당집으로 한가운데 산신령의 초상이 모셔져 있고, 그 양옆으로 복신(福信) 장군과 토진(土進) 대사의 초상이 모셔져 있다.

별신굿이란 일반 산제와는 달리 두 장수에게 제사 지낸다 해서 붙여진 이름인데, 복신은 승려 도침(道琛)과 함께 백제 멸망 후 백제 부흥 운동을 벌이다가 패한 장수이며, 토진은 도침의 별칭이라는 것이 이 고장 사람들의 주장이다. 이들은 의자왕이 항복하자 일본에 가 있는 왕자 풍(豊)을 맞아들여 백제의 새 왕으로 세우고 임존성(任存城)과 주류성(周留城)을 근거로 나당군과 싸우지만, 내분이 생겨 도침은 복신에게 죽고 복신은 풍에게 죽고, 풍은 고구려로 망명하여 마침내 백제 재건의 꿈은 무산된다. 말하자면 백제의 마지막 패장 둘을 모신 은산 별신굿은 이루지 못한 백제 재건에 대한 백제 유민들의 한풀이 굿인 셈이다.

우리가 찾아가는 별신굿의 가장 높은 임원인 대장(大將)의 기능 보유자 차진용 노인은, 장터를 지나 굿 때 하당굿을 하는 당나무인 늙은 느티나무 앞 집에 살고 있었다.

"직접 봐야지, 이렇게 얘기만 가지고야 알 수 있남."

우리가 묻는 대로 상세히 설명하면서 올해는 3월 29일부터 4월 3일까지 6일 동안 별신굿이 있으니 꼭 와서 보라고 권했다. 그의 얘기를 정리해 보면 별신굿은 대충 다음과 같은 것이다.

별신굿은 원래 산신을 모시고 정월 보름 이전에 지내던 산신제였던 것이 뒤에 복신과 토진 두 신령을 모시면서 이름도 별신굿 또는 별신제가 되었다. 산신제(별신소제)는 매년 지내지만 별신제는 3년에 한 번씩 지내며, 예전에는 보름씩 걸리는 일도 있었으나 최근에는 대개 대엿새로 끝낸다.

별신제를 지낼 해가 되면 정초에 마을 유지들이 기성회를 조직하고 거기서 제사를 맡을 임원을 뽑는다. 주요 임원으로 ①대장 ②중군(中軍) ③사령집사 ④선배비장 ⑤후배비장 ⑥통인 ⑦좌수 ⑧도별좌 ⑨화주(化主) ⑩육사주(肉死主) ⑪별좌 ⑫축관 ⑬무녀가 있다. 이 가운데서 ①~⑧은 말을 타고 행진하는 임원들이며, ⑨~⑪은 음식을 만들거나 그 일을 거드는 일을 하는 직책이며, ⑫는 제사 때 축을 읽는 일, ⑬은 굿을 하는 일을 맡는다. 더욱이 대장은 별신굿의 가장 높은 우두머리로 백마를 타고 행군하며, 누구든 대장으로 뽑히는 일을 더없는 영광으로 알고, 또 그에 맞게 덕망과 재력이 있는 사람이 뽑히게 된다. 이 굿에는 무녀들을 제외하고 여자들은 참여하지 못하기 때문에 장을 보거나 음식을 만드는 일은 남자가 한다.

　은산 별신굿은 '물봉하기'부터 시작한다. 화주의 생기복덕일(生氣福德日)을 택하여 제사 날짜가 정해지면 제삿날 사흘 전부터 제관은 비린 것은 입에 대지 않고, 별좌가 목욕재계한 뒤에 농악대를 데리고 은산천에 가서 제사 드린 뒤 물을 떠다가 제물과 조라술(제주)을 빚는 것이다. 두 번째는 '진대 메기'다. 이것은 진대로 쓸, 3미터 정도 되는 참나무 네 그루를 베어 오는 행사인데, 이때는 대장이 앞장서서 군대가 행진하듯 농악대와 악공 등을 인솔해서 간다. 이 진대는 제사 지내는 동안 화주네 마당에 세워 두었다가 마지막 장등을 세울 때 동서남북 각 길목의 장승 옆에 하나씩 세워 둔다. 세 번째 행사는 '꽃받기'이다. 보통 인근의 꽃방에서 미리 제사에 쓸 꽃을 맞춘다.

　이렇게 해서 제삿날이 되면 제물을 당집(이곳에서는 별신당이라 한다)으로 옮겨 가는데 그 행사가 볼 만하다. 먼저 행군이 시장과 마을을 한 바퀴 돌아 제삿날이 되었음을 알리고, 오후에 제물을 운반하기 위해서 화주 집에 집결한다. 그리하여 각기 맡은 기구들을 들고 당집으로 가는데, 이 행렬 뒤에는 관공서의 장이며 유지들이 따르고 그 뒤에 구경꾼까지 따라서 행렬이 무척 길다. 온갖 깃발이 바람에 나부끼고 농악이 울리고 삼현 육각이 울려 퍼지면서 별신굿은 절정에 이른다.

모시의 본고장, 한산

　다음 날 아침 부여에서 한산으로 가는 직행 버스를 탔다. 한산은 '한산 모시'로 유명한 고장이다. 도착하여 골목도 기웃거려 보고 향교도 구경하고 송덕비도 살펴본 다음 면사무소로 갔다. 모시에 대한 얘기를 들으려면 박길배 면장을 만나 보라는 말을 여러 사람한테 들었기 때문이다. 한데 그는 이웃 면 환갑 잔치에 가고 없고 한산 시장에서 모시 장사도 하고 모시에 대해서 많이 안다는 구자홍 씨는 연락이 안 된다. 면사무소 직원에게서 간단하게 모시에 대한 얘기를 듣고, 면사무소에서 멀지 않은 곳에 사는 국가 지정 중요 무형 문화재 기능 보유자인 문정옥 씨를 찾아갔지만 역시 집에 없다.

30

"제대로 한산을 취재하려면 한 이틀 묵어야 합니다. 내일이 장이니 모 시장도 보고" 하면서 면사무소 직원은 사람을 못 만나 실망하고 있는 우리를 위로했다. 이곳도 은산과 같아 하루와 엿새가 장인데, 햇빛을 보면 색깔이 변해서 모시 장은 새벽에 서기 때문에 묵지 않고는 장 구경을 할 수가 없다는 얘기다.

땅을 파서 반쯤은 땅에 묻히게 만든 모시 짜는 움막과 모시 틀을 구경하는 것으로 일단 만족하고, 택시를 타고 2킬로미터쯤 떨어져 있는 동산리로 갔다. 거기에 도 지정 중요 무형 문화재 기능 보유자인 나상덕 씨가 살고 있고, 거기서 멀지 않은 곳에 구자홍 씨도 살고 있다고 들었기 때문이다.

나상덕 씨는 마음씨 좋은 전형적인 시골 아낙네처럼 보였다.

"이왕 예까지 오셨으면 모시 짜는 걸 봐야 할 긴데, 요샌 추워서 안 짜니 어쩌지유. 통풀을 발라서 매야 하는데 추워서 그걸 못하거덩유."

나상덕 씨는 이 동네에서 나서 이 동네에서 결혼했다. 그녀가 처녀일 때만 해도 안 하는 집이 없었는데 이제는 모시를 하는 집이 두 집뿐이다. 나상덕 씨는 처음 모시 짜기를 시작한 열여덟 살 때부터 한 번도 모시 틀에서 떠나 본 일이 없다. 그녀는 우리를 모시 짜는 지하실로 안내했다. 모시는 마르면 짤 수 없기 때문에 지하실이나 움에서가 아니면 좋은 모시가 짜지지 않는다는 것이다. 모시 하는 과정은 대개 다음과 같다.

모시는 다년생 모시풀[苧麻]의 대를 원료로 하는 것인데, 대는 1년에 세 번, 음력 4월 말과 6월 말, 8월 말에 꺾는다. 모시풀은 대부분 전라도와 경상도에서 오며 한산에는 재배하는 집이 몇 집 되지 않는다. 수확한 모싯대는 대나무 칼을 사용해서 생으로 훑어 껍질을 벗긴다. 이 껍질에는 표피가 그냥 붙어 있으므로 이것을 다시 대칼로 벗겨 내는데 이것을 '태 모시 벗긴다'고 하며, 껍데기를 완전히 벗긴 모시나무 껍질이 태 모시인데 시장에서 판다.

태 모시는 물에 담갔다가 양지에 말려 바래는데, 바랜 다음에는 다시 물에 담가서 축축해지면 이빨로 물어 째거나 손톱 끝으로 쨴다. 이제 이렇게 쨴 모시를 잇는데, 이것이 모시 삼기이다. 이을 때는 쩐지(버팀목) 바탕에 걸어서 무릎에 대고 비벼 잇는다. 그런 다음 물레에 자아서 일정한 크기로 한 묶음씩 감아서 모시 굿을 만든다. 나상덕 씨는 이 모시 굿을 사다가 모시를 짠다.

나상덕 씨 집에서 나와 다시 거기서 좀 떨어져 있는 구자홍 씨 집에 가 보았으나 집은 비어 있었다. 장터에 나가 보면 만나겠지 하는 생각으로 돌아서 나오는데, 옆집에서 할머니가 내다보며 어데서 왔느냐고 묻는다. 돌아보니 입과 손에 모시 실이 붙어 있다. 지금 모시를 삼느냐니까 그렇다고 한다. 억지로 따라 들어가서 김옥란 할머니가 쨴 모시를 무릎에 비벼 이빨로 잇는 것을 잠시 구경했다. 할머니에게 모시 굿 하면서 또 모시를 짜면서 부르던 노래가 있으면 불러 달라고 청했더니 할머니는 못한다고 사양하다가 작은 목소리로 젊어서 부르던 노래라며 한마디 했다. "하늘에는 베틀 놓고 구름에는 잉아* 걸고"로 시작하는, 다른 고장에서도 흔히 들을 수 있는 「베틀노래」였다.

*잉아 : 베틀의 날실을 한 칸씩 걸러서 끌어 올리도록 맨 굵은 실.

동해안의 풍물과 하회 탈춤

동해의 갯마을

　강릉에서 점심을 먹고 삼척 임원리(臨院里)라는 포구로 가는 버스를 탄 것은, 관광지로 번화한 곳은 일단 피하자는 생각에서였다. 너무 유명해진 곳은 실제로 가 보면 볼 것도 찾을 것도 없었기 때문이다. 이번 길에는 20년의 교직 생활을 끝내고 글 쓰는 일에만 전념하기로 한 희곡 작가 안종관 씨가 길동무가 되었다.

　삼척을 지나자 왼쪽으로는 티 한 점 없이 활짝 트인 새파란 바다가 펼쳐지고, 버스는 해송(海松)이 울창한 언덕을 기우뚱거리며 달린다. 바다에 떨어지지 않으려고 안간힘을 쓰면서 언덕에 달라붙어 있는 갯마을들이 바닷가 구석구석에 박혀, 지금까지의 육지 여행에서는 맛보지 못했던 신선한 감동을 안겨 준다. 바다를 따라 한 시간쯤 달린 끝에 차는 어설퍼 보이는 길가 마을에 서고 헐레벌떡 짐을 챙겨 들고 내려서 보니 너무 평범한 동네다. 조금

실망했지만 지나가는 사람한테 포구를 물어 작은 골목으로 들어서 보니 동해안의 모습을 제대로 보고 싶어 하는 우리에게 이곳을 추천한 사람의 뜻을 알 것 같았다.

골목을 빠져나오니 큰길이 나오고, 큰길 건너로 큰 건물이 눈앞을 가로막는다. 이곳이 선착장으로, 선착장 옆 빈 터에는 많은 사람들이 천막을 치고 회를 팔고 있다. 방수 앞치마를 두르고 두꺼운 털잠바를 입은 아낙네들이 억센 경상도 사투리로 회를 먹고 가라고 잡는다. 함지박 속에서 헤엄치고 있는 것들은 대개가 문어와 아나고와 한치다.

그곳을 벗어나니 바로 부두다. 출어를 나가지 않은 배들 수십 척이 바람에 흔들리면서 정박해 있고, 부두 이곳저곳에서는 어부들이 통바리를 엮기도 하고 손질하기도 한다. 이 통바리를 줄에 달아 바다에 넣어 문어와 아나고 등을 잡는데, 정어리나 그 밖의 잡어를 미끼로 한 번 넣으면 7, 8관이 잡힌다고 한다. 이래서 문어와 아나고와 한치가 많이 잡히는 이곳 1,200여 호의 갯마을 삼척군 원덕읍 임원리는 인근에서도 소문난 부자 마을로 꼽힌다.

다른 어부 세 사람과 함께 통바리를 엮고 있던 김덕만 씨는 바로 이곳에서 태어나서 40년이나 어부로 산 사람이다. 아내는 지금 선착장 옆에서 한치 물회를 팔고 있는데, 고기 잡아 5남매 모두 공부시키고 결혼시켰다.

다행히 그는 동해안 일대에 가상 널리 퍼져 있는 오구굿과 별신

36

굿에 대해서 꽤 상세히 알고 있었다. 그의 말에 따르면 임원리에서도 가끔 오구굿도 하고 별신굿도 벌이는데 별신굿은 3년에 한 번씩 9월 보름날 한다. 오구굿은 원통하게 죽은 귀신을 달래어 저승으로 보내는 굿이다. 이 마을에서도 오구굿을 가장 흔하게 볼 수 있는데, 고기잡이 나갔다가 빠져 죽거나 하면 으레 그 가족이 보상금을 받아 무당을 불러 오구굿을 한다는 것이다. 지난해에도 바다에 일 나갔다가 죽은 총각을 달래는 오구굿이 한 판 있었는데, 밤낮으로 사흘이 걸린 큰 굿이었다고 그는 회상했다.

이 마을의 별신굿은 특별히 어떤 귀신을 섬기기 위해서가 아니라 한 판 노는 데 그 목적이 있어 동네 사람이 모두 모여 먹고 마시고 춤추는 굿이기 때문에, 그로서도 내년이 기다려진다고 말했다.

다방에 들어가 앉아 언 몸을 녹이고 나니 어느새 하루가 다 갔다. 우리는 의논한 끝에 여기서 멀지 않은 덕구 온천으로 들어가기로 했다. 그곳이 남한에서는 유일한 노천 온천이라는 점이 마음을 끌기도 했지만, 그곳은 20여 년째 폐광된 곳이란다. 일제 시대 일본 사람들이 아연, 연, 동 등을 캐던 것을 해방하고 한국 전쟁을 겪으면서 대정광산, 풍림광산 등이 이어서 했지만 채산이 맞지 않아 마침내 문을 닫았고, 온천은 이렇다 할 시설 없이 광산을 하던 당시 사무실이며 숙소를 여관, 식당 등으로 개조해서 이용하고 있다는 것이다.

남한에서 유일한 노천 온천 덕구

울진으로 가는 버스를 타고 바다를 끼고 가다가 부구리에서 내려 택시를 탔다. 덕구 온천에 닿으니 도랑이며 물웅덩이에서 무럭무럭 김이 오르는 것이 신기해 보였지만, 여기저기 광부 숙소처럼 보이는 건물이며 산비알의 감석 더미며, 언덕 높은 곳에 자리 잡은 교회 따위가 아무래도 온천보다는 광산촌이라는 느낌을 더 주었다.

볼품없이 길다란 광부 숙소 중의 하나를 개조한 것이 이곳의 유일한 여관이요, 이 여관에 있는 조그만 남탕과 여탕 하나씩이 대중탕 이외의 유일한 목욕탕이다. 그래도 밖으로 나와 보니 산골 온천이라 자못 정취는 있어, 보름 가까운 달이 산봉우리에 얹혔고 개울물에서는 김이 뽀얗게 피어오른다.

새벽에 일어나서는 옛날에 노천 온천장이 있었다는 물초에 가 보고, 골짜기를 걸어 보고, 동네를 돌아본다. 온천 아래 온정리는 50여 호의 작은 마을인데 거의 농사짓는 사람들이지만, 광산을 따라 들어왔다가 폐광이 되자 눌러앉은 사람들도 많다. 시내버스 종점 옆에서 가게를 하는 박갑님 할머니도 바로 30년 전에 광산을 따라 남편과 함께 들어왔다가 폐광이 된 뒤에도 그대로 눌러앉아 아주 이 고장 사람이 되었다. 몇 뙈기 안 되지만 농사거리도 있고, 동네일에도 깊이 관여한 지 오래다. 남편과는 9년 전에 사별했지만, 남편은 동제의 제관으로도 뽑힌 일이 있다. 세 아들 가운데 두 아들은 서울 가 살고 있고 한 아들이 가게를 돌보며 농사일을 한다. 그녀는 동네일을 소상히 알고 있었다.

　이 마을의 동제는 열나흗날 밤 자정에 제관이 혼자 가서 지낸다. 제관은 생기복덕을 보아 뽑는데 한 번 한 사람이 거듭하기도 한다. 수백 년 이어져 내려온 이 마을 동제는 끊긴 일이 없어, 새마을 운동이 시작됐을 때 당국에서는 한동안 금하기도 했으나 몰래라도 꼭 지낸다는 것이다. 올해는 산 아래 사는 엄화섭이라는 사람이 제관으로 뽑혔다. 만나 보고 싶다고 했더니 할머니는 안 된다고 한다. 제관이 당제를 이틀 앞두고 외지 사람과 만날 수는 없다는 것이다. 그래서 나는 봉화의 옥방에서 살다 왔다는 박갑님 할머니로부터 얘기를 듣는 것으로 만족할 수밖에 없었다.

개도 천 원짜리 물고 다녀

에헤이야
에이사나
힘을 내어
손을 맞춰
에헤이야
에이사나
동해바다
고길 몽탕

다 잡아라
에헤이야
에이사나
힘을 내어
기운차게

위의 노래는 1986년 포항에 사는 아동 문학가 손춘익 씨와 함께 포항에서 12킬로미터쯤 떨어진 갯마을 용한에 갔다가 들은 그물 당기는 노래다. 우리의 목적은 해돋이를 구경하자는 것이었으나, 우리가 용한에 다다랐을 때는 이미 해는 한 뼘이나 떠올랐고, 고깃배도 들어와 마을 사람들은 그물에서 수백이, 호택이 등의 고기를 따 내고 있었다. 그 때 뒤늦게 눈부신 햇살을 등에 지고 들어와 닿는 배가 있었다. 우리가 방파제에 닿는 배 가까이 갔을 때는 이미 열네댓 명이 고기가 담긴 그물을 뭍으로 끌어올리고 있었다. 젊은 아낙네도 넷이나 낀 그들은 그냥 그물을 당기는 것이 아니라 노래로 손을 맞추고 있었는데, 노래는 그물을 다 당길 때까지 계속되었다.

손춘익 씨는 이 노래를 손을 맞추기 위한 단순한 노래로 이 근처 갯마을이면 어디서나 쉽게 들을 수 있는 것이라 말했고, 이장은 노래라기보다 그냥 웅얼거림에 지나지 않는 것이라고 말했지만, 이 노래야말로 현장에 살아 있는 노래였기 때문에 감동적이었다. 그리고 덕구 온천에서 시내버스를 타고 바닷가를 달려 죽변(竹邊)에 내리면서, 적어도 이 비슷한 노래를 들을 수 있으리라는 기대를 가져 보기도 했다.

죽변은 대나무가 많아서 붙여진 이름이며, 지금의 등대 자리에는 예전에 봉수대가 있었다. 부두에 가 보니 고기잡이 나가지 않은 어선이 수십 척 정박해 있고, 아낙네들 서넛이 냉동 동태를 손질하고 있는데 한 아낙네가 양동이에 든 바닷물을 머리에 이느라 쩔쩔매고 있다. 우리가 그녀가 가는 가게까지 들고 따라가 주었더니, 이 마을 얘기나 노래를 들으려거든 저 사람들한테 가 보라면서 땅바닥에 앉아 줄을 손질하고 있는 사람들을 가리킨다.

본디 죽변항은 동태잡이와 오징어잡이로 유명하지만 그들이 손질하고 있는 것은 골뱅이를 잡는 줄이다. 줄을 손질하고 있던 서영진 씨와 김덕환 씨 등은 우리가 묻는 말에 시원시원하게 대답도 하고 카메라 앞에서 포즈를 취해 주기도 하면서도 잠시도 손을 쉬지 않는다. 골뱅이 줄을 당기면서 부르는 노래를 불러 달라니까 "어여차, 어여차" 콧소리로 흥얼거리고는 그때그때 손발을 맞추기 위해 흥얼거리는 소리지 무슨 노래가 있겠냐고 했는데, 오늘은 일 나가지 않는 날이라 아침부터 취했다는 이영균 씨는 서영진 씨를 가리키면서 골뱅이잡이 배 영창호의 책임자로 노래도 제일 잘한다고 말했다. 그러나 그는 줄을 당기는 일정한 노래는 없고, 그때그때 생각나는 대로 노랫말을 만들어 붙인다고 대답했다. "어허 가래요/그물코가 삼천 리라도/어허 가래요/걸릴 날이 있다드니/어허 가래요/은가락지도 여게서 난다/어허 가래요/온갖 색시도 여게서 난다" 하고 한 대목 흥얼거려 주고, 이런 노래 혹시 부르지 않느냐니까, 그런 노래 옛날에 들어 본 일은 있지만, 안 부른 지 오래라는 대답이었다.

죽변은 2,000여 호가 넘는 큰 동네로 보였다. 마을을 돌아볼 생각으로 부두에서 큰길로 나왔다가 다시 언덕길로 올라갔다. 언덕에 올라서니 온통 대나무로 덮여 있는 들쑥날쑥한 바닷가 언덕이 발 아래 엎드렸고, 그 너머로 새파란 바다가 펼쳐진다.

죽변에서 다시 버스를 타고 한 시간 남짓 바다를 끼고 달려가 후포(厚浦)에서 내려 부두와 시장과 공장이 모여 있는 후포 중심지로 걸어갔다. 조선조 때는 후리포라 불리었다는 이곳 분위기는 다른 곳과는 영 달라 유난히 일제의 흔적들이 눈에 많이 띈다. 공장으로 쓰는 건물 여러 개가 일제 때 지은 것으로 보이며, 개인 집도 일본식 건물이 많다. 일제 시대 하야시가네라는 수산물 공장과 어장이 주로 후포를 중심으로 있었다더니 과연 그런 것 같다.

이곳은 울진 일대에서도 가장 돈이 많이 도는 고장으로 소문나 있다. 가령 후포항에서는 골뱅이와 쥐치가 특히 많이 잡히는데, 풍어 때 후포에서는 개도 천 원짜리를 물고 다닌다는 말이 생길 정도였다는 것이다.

거리로 들어서서 어정거리니 부락 수호신을 모신 성황당이 눈에 띈다. 문이 잠겨 있어 들어가 볼 길이 없을까 서성거리고 있는

데, 그 앞에서 건어물 좌판을 벌여 놓고 앉았던 한 할머니가 무엇을 구경하고 싶어 그러느냐고 묻는다. 이 성황당이 별신굿을 하는 성황당이냐니까 최병화 할머니는 그렇다면서, 이 고장에서는 3년에 한 번씩 3월에 '벨신굿'을 하는데 올해가 바로 '벨신굿'을 하는 해라고 설명했다. 후포의 '벨신굿'은 더러는 외지에서 이름난 무당을 불러다 하기도 하지만, 보통은 무칭이에 사는 무당이 주재하는 것으로서, 심청굿, 성주굿, 손님굿, 거리굿이 가장 재미있다고 덧붙였다. 또 별신굿에는 바닷일 하는 사람이고 농사짓는 사람이고 모두 참여해서 노래하고 춤추는 놀음굿이 절정이라는 얘기도 했다. 그럴 때면 옛날에는 일을 안 한다는 표시로 배를 육지에 끌어올려 놓았다고 한다. 별신굿은 어촌에서는 더없이 크고 신 나는 잔치였다는 것이다. 동제는 해마다 정월 열나흗날에 지내지만 제관 혼자서 지내니까 지내는지 마는지 모르고 지나가는 일이 많고 유감스럽게도 고기잡이 노래나 뱃노래에 대해서는 아는 것이 없었다.

태백산맥 속의 삶

경북 북부 지방 산속으로 들어가자면 어차피 지나야 하니 기왕이면 불영계곡에 가서 1박 할 작정으로 울진으로 되돌아와 보니 막상 그쪽으로 가는 버스가 모두 끊어져 있다. 할 수 없이 택시를 대절해 타고 전에도 한 번 지나가 본 일이 있는 이 골짜기의 아름다움에 새삼스럽게 놀라면서 불영계곡으로 들어갔다.

불영계곡 입구에 도착하니 이미 해 질 녘이 다 되었다. 아랫동네
에 민박부터 정하고, 신라 때 의상 대사가 창건했다는 불영사(佛
影寺)와 그 근처 계곡을 서둘러 돌아본다. 절은 크지 않으면서도
심산유곡의 절다운 무게를 지니고 있고, 장장 15킬로미터에 이른
다는 계곡은 기암괴석과 그 사이를 흐르는 맑은 물과 울창한 나무
들로 우리를 사로잡는다.

한 바퀴 돌고 오니 동산에 열이틀 달이 떠올라 골짜기를 파랗게
비추고 있다. 우리는 안방으로 들어가 주인과 한자리에 앉아 태백
산맥에서 뜯었다는 산나물을 반찬으로 술을 마시고 밥을 먹었다.

이 마을에서도 동제를 지낸다. 이 마을뿐 아니라 태백산 일대의
산마을 가운데 동제를 지내지 않는 마을은 없어, 가령 외딴집만
있는 마을에서도 따로 서낭당을 모시고 동제를 지내는 것이 상례
라는 것이다. 이 마을에는 중섬, 전치, 내하원 세 자연 부락이 따로
서낭당을 모시고 동제를 지내는데, 이 동네(중섬)의 서낭목은 수
백 년 된 굴참나무이며, 열나흗날 밤 8시에 제를 올린다. 이때 일
체 잡인은 금하게 돼 있으며, 제주는 3, 4일 전부터 여자 옆에 가지
않고, 부정한 짓도 하지 않고, 비린 것도 먹지 말아야 한다.

한데 태백산 일대에서 거의 유일하게 동제를 지내지 않는 곳이
있으니 그곳은 이곳 서면의 소재지인 삼근(三斤)이다. 바람이 하
도 세어 세 근을 날린대서 이런 이름이 붙은 이 마을이 내려다보

이는 새터고개 벼랑에는 한 쌍의 남녀가 끌어안고 있는 모습을 한 3,4미터 정도 되는 바위가 있다. 이 부정한 바위 때문에 동제를 올리면 오히려 동네의 수호신이 노한대서 동제를 올리지 않는다는 것이다. 이 풍습도 수백 년 이어져 내려온 풍습이다. 삼근 사람들은 이 사랑바위를 삼근 사람들의 수호신으로 모시고 있었다.

다음 날 봉화로 넘어가는 버스를 탔다. 일단 봉화 상운에서 농사를 짓는 전우익 씨를 찾아볼 작정이었다. 그러나 두 시간 넘게 직행 버스를 타고, 다시 택시를 타고 찾아간 전우익 씨는 집에 없었다. 바로 오늘 서울 나들이를 갔다면서 며느리가 잠시 쉬었다 가라고 잡았지만, 우리는 이내 돌아서서 다시 봉화로 나왔다. 문수산(해발 1,126미터) 아래 있는 오전(梧田) 약수터가 자못 볼 만하니 그리로 가자는 안종관 씨의 말을 따르기로 한 것이다.

봉화에서 막차를 타고 비포장도로를 터덜거리며 40분쯤 달린 끝에 내린 우리는 이곳에 오기를 참으로 잘했다고 몇 번이고 되뇌었다. 오동나무, 갈참나무, 흑느릅나무, 비슬나무, 사시나무, 물푸레나무, 느티나무 등이 어우러진 언덕과 골짜기와 마을 뒤로 솟은 산비알의 소나무들은 이곳을 물이나 마시러 오는 약수터로만 보이게 하지는 않았다.

동네 뒤로 돌아가 보니 농사를 짓고 사는 옛날 동리이다. 외양간에는 소도 매여 있고, 건넌방 가마솥에서는 쇠죽이 끓는 듯 콩깍지 냄새가 구수하다. 다른 집에서는 늙은이 내외가 디딜방아를

찧고 있다. 남편은 방아다리를 밟고, 아내는 방아확*에서 튀어나오는 알곡을 쓸어 담고 있다. 이 마을에서 5대째 살고 있다는 박찬옥 씨는 이 방아가 수백 년 된 방아라고 자랑했다. 그가 어릴 때만 해도 이 방아로 쌀도 찧고 보리도 찧었으며, 수백 년 동안 이 방아가 이 동네의 유일한 도정 기계였다는 것이다.

이 마을은 봉화, 경주에서 박달재, 조재를 넘어 상동으로 빠지는 보부상들이 지나는 길이었다. 그래서 이 마을에는 보부상들을 재우고 먹이는 큰 주막이 둘이나 있었고, 이 약수도 그 보부상들이 발견한 것이라고 설명했다. 그 길이 바로 저 길이라면서 그는 손으로 약수터 뒤를 가리켰는데, 그 길이 지난해 10월 신작로로 닦여 춘양의 서벽으로 뚫렸다는 것이다.

다음 날 아침밥을 일찍 먹고 서벽으로 뚫린 신작로를 따라 걷기 시작했다. 길은 잘 닦여 있고 놓은 지 얼마 안 되는 다리들에서는 시멘트 냄새가 채 가시지 않았지만, 계속 오르막이었고, 초입에 몇 집이 있을 뿐 동네도 없었다. 또 문수산 중허리를 타고 넘는 고갯마루 밑에는 고랭지 채소나 약초를 재배하기 위한 서너 채의 농막 마을이 있었지만, 거의가 비어 있었다.

길이 높아질수록 바람이 세다. 고갯마루에서 잠시 쉬면서 쳐다보니 그 안에 없는 것이 없어 '삼밭 서 마지기, 개똥밭 서 마지기, 옻밭 서 마지기'가 있다는 문수산 정상이 멀지 않은 것 같다. 고개

*방아확: 방앗공이로 찧을 수 있게 돌절구 모양으로 우묵하게 판 돌.

46

를 넘어서는 계속 내리막길이다. 두 시간쯤 걸려 마침내 고개 아래 첫 번째 마을인 거시레(행정명으로는 서벽 3리) 앞에 오니 한 농군이 밭둑을 손질하고 있다가 우리가 고갯길을 넘어왔다는 소리를 듣고 자기도 아직 한 번도 가본 일이 없다면서 놀란다.

서벽은 구운산, 태백산, 문수산, 옥돌산 등 1,000미터가 넘는 산들로 둘러싸인 고원 분지로 겨울이 유난히 길어 10월 중순이 넘으면 겨울이 시작되고 3월이 거의 다 가야 해동이 된다. 그래서 이모작도 안 되고, 담배도 해 보려 했으나 색깔이 제대로 나질 않아 실패로 끝나고 만다. 이곳 산물로는 고랭지에 맞는 당귀, 천궁 등의 약초와 사료용 옥수수, 송이버섯, 그리고 사과가 있을 뿐이다.

하동 수호신은 '무진생 성황님'

다음 행선지를 안동 하회 마을로 잡은 것은 단순히 마을을 구경하기 위해서가 아니었다. 음력 정월 보름날 새벽에 올린다는 동제와 중요 무형 문화재 69호로 지정돼 있는 하회 별신굿 탈놀이를 보기 위해서였다.

하회의 수호신은 '무진생(戊辰生) 성황님'으로, 동제는 매년 지내는 것이지만 별신굿 탈놀이는 형편에 따라 3년, 5년 혹은 10년에 한 번 지내는 것인데, 1928년 이래 중단했던 것을 1978년에 복원하고 1980년에는 중요 무형 문화재로 지정하여 지금은 '하회 별신굿 탈놀이 보존회'에서 보존하고 있다. 몇 해 전 민속촌에서 공연하는 것을 본 일이 있었는데 굳이 하회까지 가서 탈놀이를 보겠다고 마음먹은 것은 원래 현장에서 하는 것을 꼭 한 번 보고 싶었고, 성황님이 무진생인데다 마지막 공연을 한 지도 꼭 60년째로, 회갑이 되는 해인 만큼 특별한 뜻이 있다고 생각했기 때문이다.

나는 마을이 멀리 보이는 강 건너 초입부터 감동하기 시작했다. S자 형으로 감돌아 흐르는 새파란 강줄기, 하얀 모래밭과 깎아지른 벼랑, 100년 전쯤의 풍경을 연상시키는 기와와 초가가 반반인 고색창연한 마을은 그대로 한 폭의 그림이었다. 매운 바람에 떨면서 양진당(養眞堂), 충효당(忠孝堂) 등 흔히 아흔아홉 칸 집으로 일컬어지는 큰 집들도 구경하고 내가 어려서 자란 집과 큰 차이가 없는 초가집들도 들여다본다. 강가에도 나가 보고 고샅(시골 마을의 좁은 골목길)이며 골목도 돌아다녀 본다. 그러나 추위를 견디지 못하고 가겟방으로 들어와 언 몸을 녹이며 풍산(豊山) 류씨 집안이라는 가겟방 여주인으로부터 동네 얘기를 들었다.

그녀의 말에 따르면 이 마을에 풍산 류씨가 자리 잡은 것은 고려 시대였다. 처음에는 허씨가 살고, 다음에는 안씨가 살던 마을에 류씨가 들어와 오히려 주인이 되었다는 것이다. 이 마을이 더욱 유명해진 것은 서애(西厓) 유성룡(柳成龍) 같은 명재상이 여기서 나고 여기서 말년을 보냈기 때문이다. 그녀는 서애에게 무한한 존경심을 표시하면서 그를 기리는 기념관 영모각에는 『징비

록』 등 국보(132호)와 수십 종의 보물이 있다고 자랑했는데, 하회
탈놀이에 대해서는 허 도령에 얽힌 전설 이외에는 모르는 것 같았
다. 다만 국보 121호로 지정된 가면 9개 중 '주지 2'의 탈이 국립
박물관에 보관돼 있다는 점을 아쉽게 생각했으며, 하회탈이 우리
나라에서 유일한 목조 가면임을 여러 번 강조했다.

다음 날 새벽에 일어나 얼음물에 겨우 손만 씻고 밖으로 몰려나
왔지만, 동네 사람들은 동제를 어디서 올리는지 정확히 알려 주지
않는다. 우리를 꺼리는 것이 분명하다. 그렇다고 여기까지 왔다가
동제를 안 볼 수는 없어 우왕좌왕하고 있는데, 갓을 쓰고 검은 두
루마기를 입은 한 노인이 동네에서 나오더니 마치 우리를 따돌리
려는 듯 빠른 걸음으로 뒷산을 향해 간다. 우리와 별신굿 탈놀이
를 보기 위해서 외지에서 온 많은 사람들이 약간의 거리를 두고
그 뒤를 쫓았다. 노인은 길에서 벗어나 밋밋한 등성이로 해서 산
중허리까지 오른다. 뒤쫓아 올라가니 거기 초막으로 덮은 성황당
이 있다. 이것이 첫 동제를 올리는 상당(上堂)이란다. 동제는 여
기서 먼저 올리고 아래 있는 중당(국사당)과 하당(삼선당)에서 차
례로 올리게 되어 있다.

막상 외지인을 별로 꺼리는 기색도 없는 제관 김개운 노인은 먼
저 솔가지를 베어 모아 모닥불부터 피운다. 될수록 연기를 많이
내야 한다면서 미리 가지고 온 낫으로 국사당 근처 소나무들의 가
지를 쳐서 모닥불 위에 얹는다. 연기를 내어 동네 사람들에게 동

제를 지내는 중임을 알린다는 것이다. 동제에는 제관과 제주(제물을 장만하는 이)말고도 부정하지 않은 마을 사람들이 참가하게 돼 있는데, 오늘은 마침 며칠 전에 초상이 나서 모두들 거길 다녀왔기 때문에 제관과 제주 말고는 아무도 참가할 수 없게 되었다고 김개운 노인은 설명했다.

산에서 내려와 아침을 먹고 나니 풍물 소리가 들리기 시작한다. 지신밟기를 시작한 것이다. 풍물 소리가 나는 곳으로 달려가 보니 전날 구경한 일이 있는 양진당이다. 북, 꽹과리, 징, 장구가 신이 나서 마당을 돌다가 뒷마당으로 나와서는 충효당으로 간다. 영모각에서 앞뒤로 돌며 가장 오랫동안 노는 것 같은데, 일체 사설이 없다. 옆에 서 있는 구경꾼에게 그 까닭을 물었더니, 원래 이 고장 지신밟기에는 사설이 없으며, 또 해 달라는 집만 해 준다는 대답이다. 충효당에서는 풍물꾼과 구경꾼을 위해 술과 떡도 내놓으면서 신명을 돋운다.

탈놀이는 놀이패가 풍물을 치며 성황당으로 올라가 성황님으로부터 신 내림을 받는 것으로부터 시작되었다. 신 내림을 받은 패들은 국사당과 산신당에 들러 치성을 드린 다음 성황님의 현신(現身)인 참시탈을 무등 태우고 오늘의 놀이마당인 전수 회관 마당으로 들어섰다. 마당에는 이미 구경꾼이 빽빽하게 들어차 있었는데 인근 사람보다 외지에서 온 구경꾼이 많았다.

탈놀이는 주지 마당, 백정 마당, 할미 마당, 파계승 마당, 양반 선비 마당, 당제, 혼례 신방 마당으로 이어졌는데 춤사위는 비교적 단조롭고 풍물 가락은 이채, 삼채의 되풀이로서 소박하게 느껴졌다. 다른 탈놀이와 비교해서 춤사위는 인위적 동작이 없이 정(靜)적이며, 옷차림은 평상복 차림이고, 대사는 풍자적이며 해학적이었다. 특히 턱이 빠진 이매탈의 비탈 걸음과 바보 몸짓, 놀림과 빈정거림이 가장 많은 박수와 웃음을 자아냈다. 또한 다음과 같은 양반 선비 마당의 한 대목은 일품이었다.

(양반) "나는 사대부의 자손인데."
(선비) "뭣이 사대부? 나는 팔대부의 자손일세."
(양반) "팔대부는 또 뭐냐?"
(선비) "팔대부는 사대부의 갑절이지."
(양반) "우리 할아버지는 문하시중(門下侍中)이거던."
(선비) "아 문하시중, 그까짓 것. 우리 아버지는 바로 문상시대(門上侍大)인데."
(양반) "문상시대, 그것은 또 뭔가?"
(선비) "문하보다 문상이 높고 시중보다 시대가 더 크다."
(……)
(선비) "……나는 사서삼경을 다 읽었네."
(양반) "뭣이, 사서삼경. 나는 팔서육경을 다 읽었네."
(양반) "도대체 팔서육경이 어데 있으며 대관절 육경은 뭐야?"
(초랭이) "나도 아는 육경, 그것도 몰라요? 팔만대장경, 중의 바래경, 봉사 안경, 약국의 길경, 처녀 월경, 머슴 새경."

하회탈은 우리나라 유일한 나무탈로 오리나무를 쓴다. 놀이가 끝난 뒤에 다른 탈놀이에는 반드시 있는 탈을 태우면서 즐기는 뒷 풀이가 없는 것도 나무탈이기 때문일 것이다.

탈을 처음 만든 이에 대해서는 허 도령 전설이 있다. 허 도령이 신의 명을 받들어 아무도 보지도 못하고 들어오지도 못하게 하고 서 탈을 만들고 있는데, 그를 사모하는 처녀가 견디지 못하고 문 구멍으로 들여다보자 허 도령이 피를 토하고 죽었고, 그래서 완성 하지 못한 탈이 턱이 빠진 이매탈이라는 얘기다.

탈놀이를 다 보고 나니 4시가 넘었다. 4박 5일을 함께 다닌 안종 관 씨는 대구로 가고 나는 서울로 향했다.

덕유산 둘레의 사람들

잘못 알려진 나제통문(羅濟通門)의 뜻

영동에서 출발한 버스가 무주 읍내에 들렀다가 구천동 계곡 길로 접어들어 아름다운 계곡을 왼쪽으로 내려다보며 30분쯤 달리니 설천면 소재지가 나온다. 나제통문을 가자면 여기서 내려 한 5리 걸어야 한다.

무주 장을 보고 돌아오는 것으로 보이는 이 고장 사람들을 따라 차에서 내리니 이따금 차창을 때리던 빗방울이 제법 거세졌다. 날씨가 좋았더라면 덕유산의 높은 봉우리들이 보였을 텐데 자욱한 안개 때문에 사방이 오직 뽀얗기만 한 것은 유감이었으나, 단비에 촉촉이 젖고 있는 초봄의 마을과 논밭들은 싱그럽게 느껴졌다.

계곡을 따라 걸으니 나제통문이 나온다. 나제통문이란 신라와 백제가 통하는 문이란 뜻이니, 말하자면 1,500년 전에 신라와 백제가 이 굴을 통해 오갔다는 얘기이다. 높이 5~6미터, 너비 4~5미터, 길이 50~60미터인 이 굴로는 지금 김천, 거창으로 빠지는 차의 왕래가 끊이지 않으니 그 규모를 알 만하다.

굴을 뚫어 다닐 생각을 한 조상들의 지혜에 새삼스럽게 감탄하면서 여기 얽힌 애절한 전설도 수없이 많을 것이라고 상상했지만 후에 동네 사람을 만나 얘기를 듣고, 잘못 알려진 지식이 얼마나 많은가를 다시 한번 깨달았다. 나제통문은 흔히 알려져 있듯 신라와 백제가 서로 통하기 위해 뚫은 굴이 아니라, 일제 때 신작로를 만들면서 자연 굴을 뚫은 것이라는 사실을 나제통문을 지나서 있는 동네인 이남리(伊南里)에서는 모르는 사람이 없었다.

통문을 지나니 작은 마을이다. 바로 이남리다. 통문 안팎이 같은 무주군 설천면이면서도 서로 말씨도 다르다는 얘기는 이미 들은 터라, 마을 내력이라도 알고 싶어 기웃거렸으나 나다니는 사람도 내다보는 사람도 없다. 가게는 길가에 나앉아 있지 않고 동네 안으로 들어앉아 있었으며, 삽짝(사립문)을 통해 들어가게 돼 있었다. 주인을 찾아 막걸리가 있으면 한잔 먹고 싶다 했더니 어디서 오느냐면서 썰렁하니 일단 방으로 들어오란다. 방 안에는 주인 말고 두 농사꾼이 앉아서 잡담을 하고 있다. 이윽고 주인 한선동 씨까지 어울려 막걸리판이 벌어졌는데, 노종학 씨와 윤광식 씨는 가뜩이나 농산물 값이 싼 데다 고랭지라서 비닐하우스도 못 해 이 동네가 영 가난에서 헤어나지 못하고 있다고 했다.

나제통문에 관한 이야기를 하자 그들은 약 70년 전 무주에서 김천으로 신작로가 날 때 통문도 뚫렸다고 했는데, 아무리 관광객 유치를 위해서라 해도 사실대로 알려야지 과장하거나 잘못 알리는 것은 바람직하지 않다는 올곧은 생각을 가지고 있었다. 좀 뒤에는 박두홍 이장과 윤일수 씨도 술자리에 끼었는데, 이 고장이 꽤 오랫동안 백제와 신라의 경계선이었으며, 격전장이었던 점은 분명하다고들 단언했다.

지금도 산이나 밭에서 활촉이며 부러진 칼 토막 따위가 종종 나오고 있을 뿐 아니라, 이 근처가 모두 이름 없는 병사들의 무덤이 모여 있는 곳이라는 것이다. 12년 전에 그 무덤들을 파서 한군데로 모아 큰 무덤을 만들었다. 동네 사람들은 근거가 없는 나제통문보다 분명한 근거를 가진 이름 없는 병사들의 합장 무덤이 관광 명소가 되기를 바라고 있었다. 그러나 그들은 아무도 돌보는 이 없는 무덤이 1,500여 년간이나 과연 남아 있을 수 있겠느냐는 내 질문에 명확하게 대답하지 못했다.

거의가 각성받이*인 이 동네에 특별한 민속이 남아 있는 것 같지는 않았다. 민요도 안 불리게 된 지 이미 오래라는 얘기들이었다. 풍물도 오래전에 없어졌다. 옛 삶의 모습이 이렇게 쉽게 없어진 것은 한국 전쟁 때문이었다. 휴전이 되고도 덕유산의 인민군을 토벌하기 위해 근처에 군과 경찰이 주둔해 있으면서 옛 삶의 모습은 쉽게 망가져 버리고 말았는데, 이 근처는 대개 엇비슷할 것이

* 각성받이 : 어머니는 같고 아버지는 다른 형제.

라고 그들은 말했다.

한선동 씨의 안내로 큰 무덤을 구경하고 계곡을 따라 가랑비 속을 30여 분 걸어 올라가니 두길리라는 동네가 나온다. 이곳은 바로 직행 버스가 서는 곳이어서, 얼마 기다리지 않아 구천동 들어가는 버스가 와서 멎는다. 주막 앞에서 내려 저녁을 먹고 나서 주인 아주머니한테 당골 소식을 물어본다. 당골은 구천동 꼭대기의 산마을로, 이 마을은 12호가 모두 초가집이어서 1979년 도(道)에서 민속 마을로 지정했다.

당시 이장이었던 양승규 씨는 송봉갑, 황삼봉 등 마을 노인들을 모아 내가 청하는 대로 옛 노래를 부르게 했다. 새마을 운동이 시작되기 전까지는 쉽게 들판에서 들을 수 있었다는 이 고장의 모내기 노래는 다른 고장의 것과 크게 다르지 않았으나 네다섯 명의 노인들이 모두 부를 줄 아는 것으로 보아, 비록 현장에서는 떠났으나 놀이의 자리에서 또는 한가로운 사랑방에서는 이어져 오고 있음이 분명했다.

나는 당골을 찾아가 다시 노래를 들으려던 계획을 취소했다. 옛날 들었던 노래도 듣지 못하거나 듣는다 해도 잘못 뒤바뀐 노래를 들을 것 같은 생각이 들었기 때문이다.

소쿠리 재료, 장댐이와 인동 넝쿨

아침에 일어나 보니 눈이 온 산을 하얗게 덮었고, 아직도 희끗희끗 눈발이 날리고 있다. 라면으로 아침을 때우고 길을 나섰지만, 덕유산의 최고봉인 향적봉을 넘어 칠현폭포로 해서 안국사(安國寺)가 있는 적상 산성(赤裳山城)까지 간다는 것은 아무래도 무리인 것 같다. 민박집 아주머니도 눈으로 덮이면 길을 못 찾는다며 펄쩍 뛰고, 국립공원 관리인들도 백년사까지만 가라며 말린다. 그래서 이남리에서 들었던 대로 배뱅이(행정명은 뱅방리)에서 지름길로 안국사로 빠지기로 하고 일단 백년사까지만 오르기로 했다.

배뱅이까지는 내처 걸었다. 배뱅이에 이르니 송내 앞 길가에 구멍가게가 있다. 이 동네에서 소쿠리 짜는 집이 어느 집이냐고 물었더니 중년의 아낙네가 나오면서 자기도 짜고 여남은 집에서 짜지만, 어제 서울에서 장수가 와서 다 거둬 가서 지금은 물건이 없을 것이라는 대답이다. 우리를 장사꾼으로 안 것이다.

우리가 물건을 사려는 것이 아니라 짜는 것을 구경이나 했으면 좋겠다니까, 아낙네는 반쯤 짠 소쿠리를 들고 나와 검은 것은 장댐이 넝쿨이고 흰 것은 인동 넝쿨이라고 말하면서 장댐이 넝쿨은 그냥 삶기만 하지만 인동 넝쿨은 삶아서 껍질을 훑고 시멘트 바닥에 비벼 씻어서 하얗게 만들어 짠다고 과정을 설명했다. 이 동네에서는 아주 옛날부터 소쿠리를 만들었는데, 그 내력은 이 동네에서 30년 가깝게 산 그녀로서도 알 수 없단다.

보통 농한기인 겨울에 짜는데, 이 고장 사람들은 밭을 매다가도 또 벼를 베다가도 장댐이나 인동 넝쿨이 눈에 띄면 봉창에 넣어 가지고 오면서 1년 내내 모은다. 이러다가 농사일이 끝나면 밥을 싸짊어지고 장댐이 넝쿨, 인동 넝쿨을 뜯으러 나가는데 멀리 3, 40리까지 나간다. 요새는 장댐이 넝쿨, 인동 넝쿨을 제대로 구하지 못해 소쿠리 만들기가 어려워졌다고 한다. 장댐이 넝쿨과 인동 넝쿨만 제대로 있으면 한 집에서 겨우내 일해 200개는 만든다. 큰돈은 못되지만, 시골서는 그래도 수월찮은 벌이다.

"소쿠리로 애들 학교 보내는 집 많다고요."

아낙네의 권고에 따라 배뱅이의 속동네인 관동으로 들어가 본다. 관동은 길에서는 보이지 않게끔 언덕을 돌아가 있는 마을로 배뱅이 가운데서도 관동이 소쿠리 만드는 집이 가장 많다고 알려주었다. 들어가면서 보니 동네 입구에 정자나무라 부르기엔 아직 이른 나무가 한 그루 서 있고, 그 밑에 남자의 성기처럼 생긴 돌이 서 있는데, 그 돌이 서 있는 바위에 금줄을 둘렀다. 성황당임을 알수 있었는데, 그것이 하필 남자의 성기를 닮은 것이 이채롭고, 또 동제 또는 당제가 지난 지도 한 달이 넘었을 터인데 금줄이 그냥 쳐져 있는 것도 이상하다.

모두들 들에 나갔는지 사람은 내다보지 않고 개만 나와 요란스럽게 짖어 대는 집들을 지나 마을 한옆 산자락에 바짝 다가붙은 집을 찾아간 것은 그 집이 소쿠리를 제일 많이 한다고 들었기 때문이다. 아들, 며느리와 함께 농사를 지으며 산다는 손금녀 할머니는 한 달에 100개도 만들 수 있지만 넝쿨이 없어 어렵다고 했다. 그러나 할머니는 옛날부터 이 마을이 소쿠리 만드는 일로 유명했다는 사실은 분명히 알고 있었다. 그러나 20여 년 전에 이 동네로 이사 와 살고 있다는 할머니는 그 이상 동네 유래에 대해서는 알지 못했다. 성황당에 대해서도 그냥 동네에서 위하는 것이라면서 "요샌 그냥 금줄 쳐 두는 거지 누가 그렇게 열심히 위하기나 하나유" 하고 심드렁하게 대답했다. 소쿠리 짜면서 부르던 노래가 특별히 없다는 것도 예상했던 대답이다. 그래도 혹 외부 사람에게 말하기를 꺼려하는 것일까 이것저것 더 물어보았지만 소득이 없어서, 요란하게 개 짖는 소리를 뒤로 하며 마을을 빠져나오고 말았다.

천연 요새, 적상 산성

이정표에는 분명히 안국사까지 8킬로미터였는데 너무 험하고 멀어서 걸어서는 오늘 중으로 들어가지 못 한다는 마을 사람들 말을 듣고 다시 읍내로 나왔다. 적상까지 차로 가서 거기서 산성을 오르기로 한 것이다.

서창(西倉)이라는 동네에서 내리니 안국사 가는 길 표지판이 보인다. 물거리들이 담장 안에 가득 쌓여 있는 10여 집 앞을 지나니 이내 길은 오르막이다. 돌이 붉고 특히 가을이면 붉은 단풍으로 해서 치마를 두른 것 같대서 적상(赤裳)이라고 불리게 된 바위와 절벽과 나무에 취해 한 시간 반쯤 오르니 성벽이 나온다. 고려 말에 제주도에서 말을 기르던 원나라 잔병들이 일으킨 반란을 평정하고 돌아오는 길에 최영이 쌓았다고 전해지는 전장 8,143미터의 성은 비교적 잘 보존돼 있다. 이 적상 산성에 대해서 이긍익(李肯翊)의 『연려실기술』은 다음과 같이 적고 있다.

무주의 적상 산성은 안에 사고(史庫)가 있다. 그래서 무주부사가 수성장(守城將)을 겸하고 있다. 상산은 고을의 남쪽 15리 되는 곳에 있는데, 민간에서 '치마 성산〔裳城山〕'이라 부른다. 산의 사면이 절벽이며 층층으로 높아서 마치 사람의 치마 같으므로 이러한 이름이 되었다. 옛 사람이 준험함을 이용하여 성으로 했으며, 겨우 두 길이 통할 뿐이고, 그 안은 평탄하고 넓어 개울이 사방에서 흐르니 정말 하늘이 만든 험지(險地)이다. 거란과 왜구의 난 때는 근처 수십 군민이 모두 이 성 때문에 안전하였으며, 고려의 최영이 산성을 쌓고 창고를 지어 만약의 변에 대비하자고 청했었다. 우리 세종조에 체찰사 최윤덕(崔潤德)이 고을을 돌아보다가 이에 이르자, 마침 운무가 자욱하여 두루 돌아보지 못 하고서 성을 쌓고 창고 설치하기에 마땅치 않다고 하여 일이 결국 멈추었다. (『연려실기술』 권 17 「변어전고(邊語典故)」 산성조(山城條))

바위틈도 지나고 벼랑도 기다시피 올라간다. 성을 지나니 길은 눈 속에 묻혀 보이지 않는다. 눈 위에 짐승 발자국이 많이 박혀 있는데, 가장 큰 것이 노루 발자국이다. 노루 발자국을 따라가니 대체로 그것이 산길이다. 옛날에는 짐승이 먼저 길을 내고 그 길을 따라 다시 사람이 길을 내었다고 하는데, 이제는 짐승도 편한 길을 찾아가고 있다는 사실이 재미있다.

성을 지나서 30분쯤을 더 걸으니 해발 1,034미터의 산 정상이다. 해는 서산에 막 떨어지고 있고, 어둠이 깔리기 시작하는 동쪽 편 골짜기 저만큼 아래로 절이 내려다보인다. 더 늦기 전에 절에 닿아야 한다고 달려 내려가니 주지 스님이 마루에 나와서 반갑게 맞아 준다. 이미 저녁 공양이 끝난지라 우리가 저녁을 아직 못 먹었다는 말을 듣고 보살을 시켜 라면을 끓이게 했다. 그러고는 촛불을 밝힌 방 안에서 라면을 다 먹을 때까지 자리를 뜨지 않고 절이며 적상 산성에 대해서 얘기해 주었다.

안국사는 1277년 고려 충렬왕 때 월인 화상(月印和尙)이 창건했다. 조선조에 들어와 산성에 사고(史庫)를 두면서부터는 승려들이 승병을 겸하면서 사고와 성을 지키는 역할도 했고, 이 사고를 지키는 데는 적잖은 백성의 부역과 조세 부담이 필요했기 때문에, 산성과 사고를 관장하는 무주가 진산, 금산, 용담, 안성의 네 읍을 속으로 한 도호부로 승격되기도 했다. 그러나 이 사고의 사서들이 1910년 규장각으로 옮겨지면서 절도 쇠퇴하고 특히 한국 전쟁을 전후해서 문을 닫다시피 했다. 그러던 것을 진일 스님이 보수하여 제법 절의 모습이 되게 만들어 놓았다. 그러나 이 절은 아래 계곡에 댐이 건설되어 수몰되기 때문에 머지않아 이웃 호국사 터로 이사를 가게 되었다.

안국사는 주지, 동자승, 안살림을 맡아 하는 보살, 나무며 들일 등 바깥일을 하는 처사, 네 식구가 사는데 주지와 동자승은 일찍 법당과 잠자리로 가고, 처사가 오랫동안 우리와 앉아 얘기를 했다.

천하축시 대장군과 지하축시 대장군

아침을 먹고 절 밖까지 나와 배웅하는 안국사 식구들과 헤어져 사고 터며 호국사 터도 구경하고, 어제 올라왔던 것과는 반대쪽으로 가서 절벽도 구경하고 계곡도 구경하고, 막 물기가 오르기 시작하는 키 큰 소나무들도 구경하면서 한 시간쯤 내려오니 북창이라는 동네다. 어제 오르던 곳이 서쪽 창이 있었대서 서창이었듯이 이곳은 또 북쪽 창이 있었대서 북창이다.

50여 호 집들이 산자락에 바짝 붙었는데 산길과 동네 길이 마주치는 세거리에 수령 800년에 둘레 6.5미터의 '읍민나무'라 팻말이 붙은 느티나무가 서 있고, 그 맞은편에 남성의 성기를 닮은 두 개의 돌이 마주보고 있다. 또 그것에는 금줄도 쳐져 있다. 여기서 배뱅이까지가 비록 산길이긴 하지만 8킬로미터밖에 안 떨어져 있다는 점을 생각할 때, 똑같이 성기를 닮은 돌이 동네 수호신으로 모셔져 있는 것은 매우 흥미 있는 일이다.

마침 멀지 않은 논에서 짚을 긁어모아 지게에 얹는 할아버지를 보고 저 두 개의 돌에 대해서 얘기를 해 달라니까 이성구 노인은 그게 바로 서낭당이고 정월 열나흗날 밤 동제를 지낼 때 거기다 대고 지낸다는 대답이다. 그 때 바른쪽 것에는 '천하축시 대장군'이라 써 붙이고 왼쪽 것에는 '지하축시 대장군'이라 써 붙인다는 것이다. 혹시 노인이 잘못 말하고 있는 게 아닌가 해서 '지하축시 대장군'이 아니라 '지하축시 여장군'이라고 쓰지 않느냐니까, 노인은 더욱 똑똑한 말씨로 '지하축시 대장군'이라고 강조했다. 금줄은 언제 치고 언제까지 쳐 두느냐니까, 그냥 늘 그렇게 쳐 둔다는 약간 애매한 대답이었다.

더 얘기를 들을까 해서 마을로 들어서니 가게가 먼저 눈에 띈다. 주인으로 보이는 중년의 아낙네에게 장사가 잘 되느냐니까 아낙네는 팔짱을 낀 채 머리부터 흔든다.

"심심풀이루 하는 거지유, 사람이 있나유."

거기서 차가 다니는 하북창까지 1킬로미터 남짓한 길은 내리막길이었는데, 하북창은 날씨가 달라, 논두렁, 밭두렁에 풀이 새파랗게 돋아나고 있고, 사람들은 마늘밭이며 파밭의 비닐을 벗겨 내느라 바빴다. 한 시간이나 더 있어야 올 버스를 우두커니 기다리고 서 있을 수는 없어서 들판과 들판에서 일하는 사람들을 구경하면서 걷는 데까지 걷기로 했다. 한 시간 남짓 걸어 버드숫골이라는 데 와서야 무주로 들어가는 택시를 잡아 탈 수가 있었다.

무주로 도로 들어가 거기서 버스로 안성에 갔다가 칠현폭포가 있는 계곡으로 빠질 작정이었다. 그곳이 안성에서 용추골로 해서 경남 안의로 빠지는, 옛 기록에 많이 나오는 30여 리의 옛길의 초입으로 생각되었기 때문이다. 덕유산 근처에서 만나는 여러 사람한테 물어도 아는 사람은 없었지만 우리 지리 상식으로는 이 길 외에 다른 길이 없을 것 같았다.

그러나 막상 안성으로 돌아 칠현폭포까지 가 보고는 울창한 숲, 깎아지른 절벽, 맑고 깊은 물로 덕유산에서도 가장 절경인 칠현폭포 계곡을 구경하는 것으로 되돌아설 수밖에 없었다. 도대체 용추골을 아는 사람조차 없고, 안의는 장계로 해서 차를 타고 가는 길밖에 없는 것으로들 알고 있었다. 칠현폭포로 들어가는 끝마을인 통안(通安) 부근에서 한두 노인을 만나 '통안'이라는 지명이 혹시 '안의로 통한다'는 데서 유래한 것이 아닌가 알아보았으나 그것도 확인할 길이 없었다.

그러나 4, 50그루나 되는 감나무로 20여 호 남짓한 온 동네가 다 덮이다시피 한 통안이라는 마을을 보게 된 것은 여간 다행한 일이 아니었다. 집 안의 고장 난 수도를 고치고 있던 김포천 씨는 이 동네 사람들은 칠현폭포 같은 관광지가 가까워도 관광객 등쳐서 돈 벌 생각하는 사람은 거의 없다고 말했는데, 이 동네가 그만큼 여유가 있다는 얘기다. 이 동네는 큰 부자는 없지만 예로부터 고루 잘살고 사람들이 부지런한 것으로 인근에 소문이 나 있다.

이 동네의 씨 없는 감은 유명해서 가을만 되면 사방에서 장사꾼이 서로 사려고 몰려든다. 한때는 누에를 많이 쳐서 그것으로 소득을 올리기도 했지만, 누에는 치지 않은 지 오래되었다. 그렇다면 할머니 가운데 베틀노래를 부를 줄 아는 할머니가 있겠다고 했더니 그는 이 동네에는 노래할 줄 아는 할머니는 안 계시다고 한마디로 말을 끊었다. 동제도 지내지 않는다 한다.

동네를 나오면서 보니 집집마다 바람벽에 반쯤 썩은 듯한 누에 채반이 걸려 있어, 이 마을에 옛날에는 누에치기가 꽤 성했다는 사실을 말해 주었다.

연암(燕巖)과 안의(安義)

안성에서 시내버스를 타고 장계로 갔다가, 거기서 직행 버스로 육십령을 넘어 영남 땅인 함양의 안의에 이르렀다. 안의는 진주 가면서 몇 번 지나간 일이 있는 곳으로, 꼭 한번 들르겠다고 별렀다. 시골 면 소재지로서는 엄청나게 클 뿐 아니라 예스러운 집과 촌가들이 조화를 이루고 있고, 마을 앞에 흐르는 개울은 수량이 풍부하고 냇가의 고목들과 잘 어울렸기 때문이다. 물론 이곳에 들르겠다고 벼른 데는 더 특별한 이유도 있다. 이곳은 20세기 초 행정 개혁 이전에는 현감이 다스리던 고을로서 연암 박지원이 이곳에서 1792년부터 1796년까지 현감을 지낸 일이 있다. 그의 중요한 글 가운데 40여 편을 이곳에서 썼으며 풍기, 직기 등 기계를 만들어 백성들이 사용하게 했고, 중국에서 배워 온 벽돌 만드는 기술을 활용해서 동헌 건물을 짓기도 했다. 그래서 지금 그를 기리는 기념비도 서 있는 것이다.

이곳은 무오사화(戊午士禍)에 죽은 조선 학자 정여창(鄭汝昌)과 깊은 관계가 있는 곳이기도 하다. 또 안의에는 꽃이 많은 데서 유래했다는 화림(花林)이라는 옛 고을 이름이 있는데, 이런 고장인 만큼 그에 알맞은 전통문화가 남아 있으리라는 기대도 없지 않았다.

우리는 먼저 뒷골목을 구경하고, 동헌 자리를 구경하고, 그런 다음 박지원 기념비를 찾아 나섰다. 어느 학교 마당에 세워져 있다고 어렴풋이 들은 터라 학생들을 잡고 물었으나 아는 학생이 없다. 처음 듣는 이름이라는 듯 박지원을 되풀이해 말해도 "누구요? 누구요?" 하고 되묻는다. 돌아다니다 보니까 안의 유도회가 눈에 띈다. 들어가 물으니, 기념비는 안의초등학교 교정에 서 있으며, 교장실에 자료가 있으니 찾아가 보라고 친절하게 일러 준다.

학교를 찾아 일단 기념비 먼저 구경하고 교장을 만났지만 그는 한마디로 잘라 말했다.

"우리는 연암 박지원에 대해서 모릅니다. 기념비도 우리와는 상관이 없습니다. 땅만 빌려 준 것이니까요."

그래도 유도회에서 교장실에 가면 자료도 있고 얘기도 들을 수 있을 것이라고 해서 왔다고 말했다.

"직접 관여하신 분들이 있으니까 그분들한테 가 보세요. 학교에선 장소만 빌려 주었을 뿐이니까요."

터덜터덜 교장실을 나오니 교문 앞에 5학년 아이들 셋이 서 있었다.

"연암 박지원 선생 아니?"

"누구요?"

"양반전 읽어 봤니?"

그러자 아이들은 저희끼리 마주 보며 웃다가 한 아이가 말한다.

"텔레비에서 하는 것 있잖아!"

나는 다시 물었다.

"마크 트웨인은 아니?"

"『톰 소여의 모험』 쓴 사람 말이지요?"

"어느 나라 소설가지?"

"아, 그걸 누가 몰라요, 미국 소설가지."

자기 학교 교정에 기념비가 서 있는 자기 나라 소설가쯤은 몰라도 괜찮고 미국 소설가를 모르면 큰일 나는 이러한 교육은 도대체 어떻게 해서 만들어진 것일까.

어느새 다 저녁때가 되어 면사무소로 찾아갔다. 직원에게 용건을 얘기했더니 그 직원이 여기저기 전화를 걸기 시작했고 부면장이 우리를 자기 자리 옆 소파로 불러 연암과 기념비 건립에 대해서 얘기해 주었다. 면사무소 직원이 연락이 잘 안 된다고 해서 우리는 얘기를 이 고장의 민요와 민속으로 돌려 보았다. 부면장은 자기가 아는 한 이 고장에는 그런 것이 거의 남아 있지 않다고 했다.

식당에서 저녁을 먹고 택시를 타고 민박할 만한 곳을 찾아가니 상원이라는 산속 마을이다. 택시에서 내리니 마을은 별빛 아래 캄캄하게 잠들어 있고, 가겟집에만 불이 켜져 있다. 주변에 민박할 만한 곳이 없어 가겟집에서 자기로 주인과 합의하고 따뜻하게 장작불을 지핀 옆방에서 편하게 하룻밤을 쉬었다.

아침에 일어나 우리는 안방에서 가겟집 아이들과 한 상에서 밥을 먹었다. 그사이 아낙네에게 동네 얘기를 몇 마디 물어보았지만, 제대로 대꾸도 하지 못할 만큼 수줍음을 많이 탔다. 동네 아이들이 2학년짜리 이 집 아이의 이름을 부르며 들어와 앉는다. 함께 학교 가자는 것이다. 여기서 학교까지는 산길로 올라가 10리로 용추사가 있는 산마을에 학교가 있다. 생각 같아서는 아이들을 따라 학교까지 가 보고 싶지만 저녁에 약속한 강연이 있어 오늘 중으로는 꼭 서울로 올라가야 한다. 반찬 없는 아침을 대접했으니 술값과 군불 지핀 장작 값만 받으면 된다는 젊은 아낙네한테 억지로 돈을 더 쥐여 주고, 등교하는 아이들과 엇갈려 산길을 한참을 걸어 내려간다.

남해안의 놀이와 노래

"양반 잡아 묵으러 왔다."

"아이고 놀래라. 야아 이놈아, 이놈아! 네가, 네가, 네가 뭣고?"

"네가, 네가, 네가 뭣고?"

"저놈이 나 하는 대로 한다! 네가 이놈아 뭣고?"

"나는 구령에 사는 영노사다."

"네가 구령에 사는 영노사라."

"오냐."

"구령에 사는 영노사면 구령에 있지 뭣 하러 여기 왔노?"

"여기 온 것은 다름 아니고, 양반 놈들의 행세가 나빠서 양반 잡아묵으러 왔다. 양반을 아흔아홉을 잡아묵고 네 하나를 잡아묵으면 백을 채운다. 채우면 하늘로 득천한다."

"내가 양반이 아니다."

"도포를 본께 양반이다."

"도포를 본께 양반이라?"

"오냐."

"그라몬 도포를 벗을란다."

"도포를 벗어도 양반이다."

"벗어도 양반이라."

"오냐."

"야, 저놈 봐라, 야, 이놈의 자슥아! 그 소리 좀 치워라."

"비비비—."

"쉬—쉬, 그 소리 좀 치워라. 맛있는 것 줄끼니, 나 안 잡아묵
을래?"

"묵어 봐야 알겠다."

"너, 구렁이 묵을 줄 아나?"

　　이상은 지난해 5월 충무에서 수산대학교 학생들이 놀이한 무형
문화재 제6호인 통영 오광대의 셋째 마당인 영노탈의 한 장면이
다. 영노란 용이 못 된 이무기를 말하는데, 무시무시한 탈을 쓰고
끊임없이 호루라기를 비비비비 불며(그래서 일명 비비새라고도 한
다) 잡아 먹힐까 봐 얼이 빠진 비비 양반탈을 골려 대고 못살게 군
다. 이 영노탈 마당은 말뚝이탈 마당과 함께 봉건 체제와 양반 계
급을 가장 호되게 비판하는 마당이어서인지, 문둥이탈 마당, 제자
각시탈(농창탈) 마당, 포수탈 마당 등의 다섯 마당 가운데서도 가
장 신명 나는 마당이었다.

　　이번 기행을 충무로 잡은 것은 지난 4월 28일이 충무공 탄신일

인 만큼 그에 상응한 행사가 현지에서 있을 것이고 통영 오광대도 볼 수 있을 것 같아서였다. 지난해 제대로 못 본 것도 더 보고 또 얘기도 더 많이 들어 보리라 마음먹었다. 그러나 충무공 탄신일에는 원래 유교적 의례인 제사와 중요 무형 문화재 21호로 지정돼 있는 승전무만 해 왔는데, 올해는 비가 내려 승전무를 없애고 제사만 지냈다는 것이다. 다만 5월 13일 오광대놀이를 서울 놀이마당에서 할 예정이어서 연습을 시작했으니 연습 광경은 볼 수 있다고 했다.

충무, 통영 지방 지역 문화 운동가이며 시인인 최정규 씨에게 먼저 들러 이런저런 이 지방 문화 내력에 관한 얘기를 듣고 유동

주 노인을 찾아갔다. 유동주 노인은 이제 늙어서인지 온몸이 견딜 수 없이 아프다 했으나 통영 오광대 얘기가 나오자 신 나서 얘기하기 시작했다.

통영 오광대의 탈은 사람 사는 모습이 얼굴에 그대로 드러나 있는 마흔여섯 가지의 탈 종류가 있다. 놀이가 한동안 끊어진 사이 옛날의 탈은 없어졌고 지금 것은 1952년 오정두 씨(작고) 등 가면 제작 기능 보유자가 다시 만든 것이다. 보통 정월 대보름에 놀았지만 다른 명절에도 더러 했으며, 지금은 충무공 탄신일이나 제삿날, 또 가을 한산대첩제에서도 연희된다. 노는 장소는 미륵산 용화사, 시장 바닥, 타작 마당 등이었으며 지금은 보존 협회 놀이마당을 주로 사용한다. 놀이는 문둥이탈 마당, 말뚝이탈 마당, 영노탈 마당, 제자각시탈 마당, 포수탈 마당의 다섯 마당으로 꽹과리, 징, 장고, 북, 날라리 등의 악기가 동원되며, 가락은 굿거리, 염불, 타령 등이 주인데, 이것들을 덧배기 장단이라고도 하며, 이 가락에 맞추어 추는 춤을 덧배기 춤이라고도 한다.

통영 오광대는 1900년경 통영에 살던 이화선(李化善)이라는 이가 합천의 밤마을에서 보고 와서 놀이를 한 것이 시초인데, 한동안 끊어졌다가 1960년 '건국 10주년 민속 예술 경연 대회'에 출전한 것을 계기로 동호인들이 전 마당을 공연하였으며, 1964년 중요 무형 문화재로 지정받았지만 어렵게 이어 오다가, 1970년 충무 무형 문화재 보존 협회가 발족하면서 비로소 한 해에 대여섯 차례

씩 국고 보조로 본격적으로 놀아지게 되었다.

유동주 노인은 남해안 일대에서는 통영 오광대가 가장 오래됐음을 강조했다. 그러나 기원과 역사보다 중요한 것은 통영 오광대는 들놀음 가운데서도 가장 뛰어나고 재미있는 가면극으로 인정되고 있다는 점이다.

유동주 노인의 얘기를 들으면서, 오늘 밤 날라리로 통영 오광대의 기능 보유자가 된 그의 빼어난 날라리 소리를 들을 것을 생각하니 신이 났다.

"이왕 할라카믄 무엇보담도 첫찌가 돼야 하는 기라. 징쇠는 징으로 첫찌, 날라리는 날라리로 첫찌가 돼야 하는 기라. 몬 하믄 누가 그걸 듣노."

밤에 다시 만나기로 하고 잠시 헤어지면서 그는 이런 말을 했다. 그러나 오광대의 밤 연습은 볼 수 없었는데 유동주 노인은 몸이 아파 도저히 못 나오겠다는 연락이 왔고, 다른 기능 보유자들도 나오기 어렵다고 했다. 연습을 하기 위해 모인 사람은 30대로 보이는 두 사람뿐이었다.

"너무 연세들이 많아 큰일이데이."

오광대의 전수자인 한 젊은이는 오늘은 이미 틀렸으니 내일이나 들르라고 한다. 진열돼 있는 탈을 다시 하나하나 구경하고 나서 그에게 5월 13일 서울 놀이마당에서 하는 오광대놀이를 꼭 구경 가겠다고 약속하고 남망산을 내려올 수밖에 없었다.

통영의 무형 문화재들

통영에는 오광대 말고도 '갓일'(4호), '나전칠기'(10호), '소목장'(55호), '두석장'(64호), 그리고 '승전무'(21호) 등의 국가 지정 중요 무형 문화재가 있다. 이 무형 문화재들은 모두 이순신과 관계가 있다. 앞의 넷은 이순신이 영내에 13개 공방을 두고 군수품 내지 민수용품을 만들게 하던 것이 이어져 내려온 것이요, '승전무'는 고려 때부터 있어 온 춤을 임진왜란 때 그가 군인들의 사기를 높이기 위하여 추게 하던 것으로서, 통제영의 각종 의례와 충무공 사당에 제사 지낼 때 바쳐지던 춤이 되어 내려오던 것이다. 이 가운데서 우리는 소목장과 나전칠기를 수박 겉핥기 식으로만 구경할 수 있었는데, 시간의 제약 없이 이 모두를 찬찬히 훑어볼 수 없는 것이 아쉬웠다.

소목장의 기능 보유자 천상원 씨를 찾아갔을 때는 막 작업이 끝난 참이었다. 천상원 씨는 소학교 때부터 아버지 밑에서 일하면서 기술을 익혔다. 그러니까 이 길로 들어선 지 50년이 훨씬 넘었다. 그런데도 작품이 다 돼갈 때쯤 되면 마음먹은 대로 됐는가 어쨌는가 싶어 제대로 잠이 오지 않는다는 그의 고백에서 철두철미한 장인 의식이 느껴졌다.

그는 작은 반닫이 하나를 가리키면서 농 다섯 바리 만들 것을 가지고 이것 하나를 만든다고 일의 어려움을 설명했다. 가령 그 재료인 느티나무는 600년 이상된 것으로서 장수에서 구해 온 것이며,

말리는 데 10년이 걸렸다. 이것을 베면 괴목(槐木)이요, 무늬가 나오면 문목(紋木)이요, 세알 무늬가 나오면 용목(龍木)이 된다. 이것들은 각각 따로 쓸모가 있고, 여기에 버드나무와 감나무를 박아 넣고 안은 오동나무 통나무를 댄다.

이 과정은 말처럼 쉽지가 않다. 맞추고 붙이는 데 일체 못 따위는 쓰지 않고 깎고 다듬어서 하기 때문에 재목이 조금이라도 늘어나거나 줄어들면 큰일이다. 또 나무가 습기를 받으면 안 되기 때문에 밤에는 방에 들여놓고 낮에는 밖에 내놓는다. 여름 2, 3개월은 재목이 늘어나기 때문에 일하지 못하며, 가을과 초봄이 풀도 잘 말라 적기이다. 이러니 작품 하나에 4, 5년 걸리기가 예사요, 말리는 데만 3, 4년이 걸리기도 한다. 물론 실제 작업 과정은 3, 4개월밖에 안 되는 경우도 있으며 1, 2년이 꼬박 걸리는 경우도 있다.

1975년 중요 무형 문화재로 지정받으면서 이제는 소목장도 제법 돈이 되지만 1960년대 초까지만 해도 배를 곯아 가면서 일했다. 아마 나 아니면 이 땅에서 이 짓 할 사람 없고 소목장 기술도 없어지고 만다는 사명감이 없었더라면 벌써 다른 길로 빠졌을 것이라면서 웃었다. 그는 지금 둘째 아들에게 소목장 기능을 전수하고 있다.

고려 예종 때부터 시작했다는 나전칠기(螺鈿漆器) 공예 기능 보유자 송방웅 씨를 찾아갔을 때는 한참 작업 중이어서, 네댓 명의 전수생들이 한쪽에서는 조개껍데기를 끊음질(톱으로 자르는 일)과 줄음질(줄로 쓰는 일) 하고, 또 한쪽에서는 궤며 옷장에 칠을 하고 있었다. 나전칠기란 광채 나는 전복이나 소라 껍데기를 자르고 쓸어 칠지나 목지에 끼우고 박아 붙여서 여러 가지 공예품을 만드는 종합 공예다. 이 전통 공예가 충무에 남아 있는 것은 송방웅 씨는 이 기능을 아버지인 인간 문화재 송주안 옹에게서 이어받았고, 아버지는 박정수 옹과 전성규 옹 등 당대의 명인들에게서 배웠기 때문이다. 송방웅 씨가 이 길에 입문한 것은 고등학교를 졸업했을 때였다. 전쟁 직후인 그때로서는 나전칠기 일을 한다는 것은 배곯는 일이었고, 세상 사람이 모두 바라는 출세와는 거리가 먼 길이었다. 그러나 송방웅 씨는 온갖 어려움을 이겨 내고 명실 공히 나전칠기의 명인이 되었다.

나전칠기 재료는 자개와 나무이다. 자개는 옛날에는 전복과 소라 껍데기를 주로 썼으나 지금은 야광패와 호주산 진주패, 멕시코패 등을 수입해 쓰는 일이 더 많다. 칠은 옻나무의 액체를 쓰기도 하지만, 카슈라는 새로 개발된 재료를 쓰는 일도 있다. 옻은 카슈보다 수십 배 더 비싸고 옻칠은 온도 25도, 습도 75도의 밀폐된 장소에서만 가능한데 카슈는 아무 데서나 할 수 있다. 따라서 고급 나전칠기에는 당연히 옻칠을 한다. 송방웅 씨는 나전칠기가 종합 공예임을 강조했는데, 먼저 백골(栢骨)을 짜고, 그것을 사포로 고르게 되도록 문지르고, 나무를 붙인 이음새나 틈을 밥풀로 메우고, 백골 바탕에 참종이, 삼베, 모시, 무명 등을 아교로 바르고, 자개 도안을 하고, 도안대로 자개를 잘라 바탕에 붙이고, 자개가 붙은 곳에 생칠을 발라 자개를 더욱 단단히 붙게 하고, 은행나무 숯으로 갈아 자개가 더욱 선명하게 나오게 하고, 콩기름으로 윤을 내고, 장석을 붙이는 이 어렵고 긴 과정 하나하나가 섬세한 기술과 예술적 긴장감이 필요한 것이기 때문이다. 이렇게 어렵고 긴 과정을 거쳐 만들어진 것이니 비쌀 수밖에 없고, 나전칠기가 귀족 공예가 되는 일은 당연하다.

지금 그의 밑에서는 장학금을 받는 전수생 두 명과 아들과 기능공이 기능을 배우고 있다. 1985년 제10회 전승 공예전에서 대통령상을 받는 등 전국 규모의 공예전에서 10여 차례 수상한 경력을 가지고 있는 그는 지금 통영 나전칠기의 기능 보유자 후보로 지정돼 있는데, 후보인 것은 아직 나이가 쉰 살이 되지 않았기 때문이다.

소목장과 나전칠기 외에 무형 문화재는 아니지만 통영의 중요 문화 유산인 통영 연을 볼 수 있었던 것은 다행한 일이다.

남망산을 내려오다 보니 창에 커다란 연 그림 붙은 집이 있다. 들어가 보니 온통 벽과 시렁*에 연이 널려 있다. 주인 이상천 노인은 난데없는 침입자를 마다 않고 방에 들여앉히고는 연에 대한 얘기, 연에 얽힌 얘기들을 들려주었다. 한때 그림을 그린 일도 있는 그는 40여 년 전 삼천포에서 통영으로 옮겨 살면서 더욱 연에 열중하게 되었고 잠시도 손에서 연을 놓는 일없이 연과 더불어 평생

*시렁 : 물건을 얹어 두기 위해 방이나 마루의 벽에 건너질러 놓은 두 개의 나무.

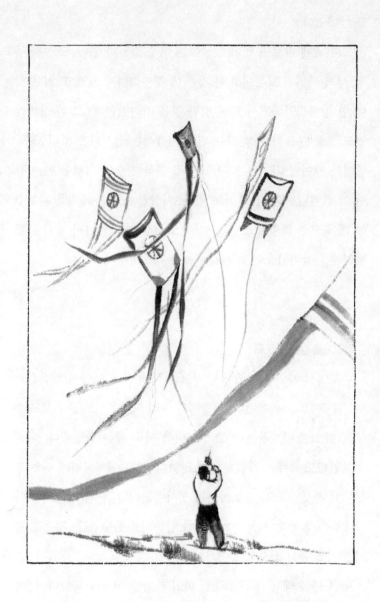

을 살아왔다.

그의 말에 따르면 연이 옛날에는 아주 컸었다 한다. 조선지 두 장, 세 장짜리가 보통이고 큰 것은 네 장짜리까지 있었고, 작은 것이 한 장짜리였다면서 벽에 걸린 것을 가리켰는데, 그 한 장짜리 연도 오늘 우리가 흔히 보는 연에 비해서는 엄청나게 컸다. 통영 연에는 열여덟 가지가 있다. 충무공 휘하 장수의 직명을 딴 이름이 이 열여덟 가지 연에 붙어 있다. 이상천 노인은 왜적을 쳐부수는 데 중요한 역할을 했던 연이 이 역사적 고장에 다시 놀이로 활발하게 되살아났으면 하는 것이 소망이라고 했다.

짜깁기로 듣는 옛 노래

나루에서 가까운 여관에서 자고, 6시 50분에 돌아서 한산섬으로 가는 여객선에 올랐다. 가랑비가 내려 비닐우산도 준비하고 충무 김밥으로 아침을 때우고 있자니까 이내 배는 출발했다. 이른 아침인데도 배에는 제법 손님이 많았다. 모두 어제저녁에 나와 충무에서 하룻밤을 묵고 돌아가는 섬사람들이다. 손님 가운데는 아낙네들이 많았는데 빈 함지박이나 양동이를 들고 있는 것으로 보아 고기를 팔고 섬으로 돌아가는 것 같았다.

50분 만에 배는 우리가 내릴 곳인 추암도 예곡에 닿았다. 배에서 내리니 비가 거세져서 비 피할 곳을 찾았으나 가게 하나 보이지 않는다. 70여 호쯤으로 보이는 마을의 집들은 사이사이 새파란 마늘밭과 보리밭을 끼고 바다를 향해 차곡차곡 쌓여 있었지만, 소나기 탓인지 나와 다니는 사람도 하나 찾을 수가 없다. 비닐우산으로 겨우 장비가 든 배낭만을 가리고 두리번거리고 있자니 한 젊은이가 지나간다. 붙잡고 우리의 목적지인 곡룡포를 물으니, 보리밭과 소나무로 덮인 언덕을 넘어간 전선주를 가리키며, 저 전선주를 따라 30분쯤 가면 곡룡포가 나온다고 알려 준다. 그러나 우리는 그 전선주를 따라 마을 길을 잘못 들어 언덕 위에 높다랗게 자리 잡은 초등학교로 들어서고 말았다. 교무실 옆 처마 밑에서 비를 피하고 있으려니 잡부라는 사내가 아무도 없으니 교무실에 들어와 쉬었다 가라고 권한다.

이윽고 교사들이 하나 둘 출근하고 학생들이 들락거리면서 교무실이 북적댔기 때문에 우리는 밖으로 나왔다. 들어온 쪽과 반대쪽으로 학교를 빠져나가니 바로 오른편으로 바다가 내려다보인다. 길은 전선주를 따라 나 있었는데 줄곧 바다가 내려다보이는 언덕길이었다. 비는 좀체 멎을 생각을 않았지만 바다를 내려다보며 걷는 30분은 지루하지 않았다. 한 언덕을 넘으니 곡룡포가 눈 아래로 내려다보였다. 붉고 노랗고 파랗게 채색된 40여 호의 집들은 안으로 굽은 어항에 정박해 있는 10여 척의 고깃배와 어울려 더욱 산뜻해 보이고, 마을 오른쪽 언덕에서는 해송이 완강하게 줄지어 서서 바람을 막고 있었다.

이 동네에도 물론 가게가 없었다. 그래서 쉬려고 마을 회관으로 찾아 들어갔더니 50대의 두 초로가 가두리 그물을 손질하고 있었다. 충무에서 알아 가지고 온 노래꾼을 찾기에 앞서 혹 이 마을에서 멸치잡이 노래를 들을 수 없겠느냐고 했더니, 그런 노랜 안 불린 지 십수 년이 되었다고 한다. 얼마 전에 이 동네에서 멸치잡이 노래를 들은 사람이 있다고 했더니, "다 잊어버린 노래, 여럿이서 한두 마디씩 꿰맞추기야 할 수 있겠지만" 하는 모호한 대답이었다. 그러면 두 분이 한두 마디씩 꿰맞춰 한 마디 들려줄 수 없겠냐니까, 자기들은 못한다면서 동네 초입에 사는 윤명돌 씨를 찾아가 보라고 했다. 우리가 충무에서 미리 알아 가지고 온 사람도 바로 그였다.

윤명돌 씨는 우리가 찾아온 목적을 말하자 잠시 웃기만 했는데, 무슨 일인지 그런 일로 찾아오는 사람이 요즈음 간혹 있다는 것이다. 그는 멸치잡이로 뼈가 굵었고, 물론 옛날에는 멸치잡이 하면서 노래를 했단다. 「술비야」, 「오호 가래여」 같은 것이 그때 부르던 노래들이다. 그러나 없어진 지 30년 이상이 되었고, 거의 다 잊었다. 한번 어떤 방송국의 요청에 의해 동네 사람들이 모여 한 구절씩 생각해 내어 꿰맞추며 부른 적은 있다고 했다.

윤명돌 씨의 아내는 며칠째 중풍기로 누워 있는 중이었다. 앓는 이 옆에서 술 마시고 웃고 떠들고 노래하는 것이 영 민망해 견딜 수 없었지만 그녀는 연신 앓는 소리를 하면서, 괜찮으니 신경 쓰지 말고 놀라고 말했다. 그에 힘입어 윤명돌 씨에게 다시 졸랐더니 마지못해 그는 멸치 그물질하는 시늉을 해 가면서 「가래질 노래」를 한 마디 불렀다.

후후 가래야
이 가래는 뉘 가랜고
후후 가래야
우리 배선주는 재수가 좋아
후후 가래야
짐대 끝에다 고기를 꽂고
후후 가래야
짐대 끝에다 댕이를 꽂고
후후 가래야
색색 갱변에 돌자갈 실었다
후후 가래야
이 살로 치고 저 살로 쳐라
어기야 디기야 저어 저어
굴러라 굴러라

이 근해에서 많이 잡히는 고기는 뿔래기, 숭어, 쭈꾸미, 문어 등이다. 물론 멸치잡이가 이 근처 어업의 대종이지만 7월이 돼야 본격적으로 벌어진다. 그러나 이 섬도 이제는 잡는 어업에서 기르는 어업으로 차츰 바뀌어 가고 있다고 했다.

비가 뜸한 틈을 타서 윤명돌 씨네 집에서 나왔다. 마을을 등지고 언덕길로 올라서면서 다시 빗줄기가 굵어지더니, 예곡에 도착하니 다시 소나기로 바뀐다. 우리는 추암이라는 마을에 가서 노래를 더 들으려던 계획을 바꾸어, 예곡에서 고깃배를 타고 충무로 나오고 말았다.

저 건네라 망자섬 밖에

행정명으로 평림동이라 불리는 우릿개는 길고 큰 개라는 뜻으로, 비록 충무시에 속해 있지만 시내에서 30여 리나 떨어져 있는 100여 호의 외진 갯마을이다. 앞으로는 망자섬을 안고 뒤로 천암산을 업은 이 마을은 아기자기하게 다듬어지지는 못했지만, 500년 이상 된 오랜 마을로서 드문드문 박힌 집들 한가운데 큰 가지 몇 개는 죽은 팽나무가 서 있고, 그 옆으로 형체가 망그러진 나무 장승 두 기가 서 있다. 하나는 할배요 하나는 할매인데, 하나는 가까스로 버티고 서 있고 또 하나는 아주 밑동이 썩어 나둥그러져 있다. 이 나무 장승이 언제 세워졌는지는 아무도 모르지만 30여 년 전 동제를 지낼 때는 산신당 다음에 이 나무 장승에 제를 올렸으며, 그때는 장승에 새끼줄을 치고 그 주위에 황토를 뿌려 부정을 막았다.

또한 15, 6년 전까지만 해도 이 마을에 있던 갯농악도 이 나무 장승과 관계가 깊다. 이 동네에서 흔히 메구 또는 판메구라고 부르는 갯농악도 첫판은 장승 앞에서 놀아졌기 때문이다. 풍어를 비는 뜻이 가장 큰 이 갯농악은 정월 대보름 당산제 때의 것이 가장 볼 만했는데, 이때의 제주는 할배 씨라고 불렀다. 이 할배 씨와 할배 장승과도 결코 무관하지 않을 것이라는 게 마을 사람들의 생각이었다.

몇 해 전 최정규 씨는 이 마을에서 「어영청 가래야」라는 멸치잡이 노래를 채록, 내게 들려준 일이 있다. 박맹연 할머니가 앞소리를 하고 동네 아낙네들이 대목마다 뒷소리를 한 「어영청 가래야」는 다음과 같다.

> 어영청 가래야(후렴, 이하 생략)
> 우리 어부 선인들아
> 물때 맞차 준비하소
> 저 건네라 망자섬 밖에
> 갈매기 한 쌍이 신호로 준다
> 동방이 밝았시니
> 달가름과 별가름에
> 가자 가자 어서 가자
> 망자섬 밖으로 나가 보세
> 우리 어부 선인들아
> 손을 골루어 골라서소
> 그물을 골라서 코코에 실어

들물인 양 썰물인 양
물때질 맞차 배를 띄워
노를 저어 배 띄워라
저 건네라 망자섬 밖에
오리 한 쌍 신호로 한다
들물에는 들물맞이
썰물에는 썰물맞이
동북간이 밝았시니
이물에서 손 골루소
그물코가 삼천코니
망자섬을 싸서 넣자
(이하 생략)

이밖에도 박맹연 할머니는 「받아야 돌이여」, 「부려 주소 부려
주소」 같은 고기잡이 노래를 불렀는데, 그 가락이나 노랫말이 매
우 특이한 것이었다.

진주 맹지 큰애기 맹건 뜨기로 나간다

거제도행 직행 버스를 탄 뒤 한 시간이 조금 더 지나 장승포에 내
려 고현까지 버스로 되짚어 와서 차를 바꾸어 타고 거제면으로 넘
어갔다. 거제면은 1909년 거제군이 통영군에 합병되기까지 거제
현이 있던 곳으로 거제도의 상업과 문화의 중심이었던 구읍이다.

버스에서 내려서 보니 20년 전의 어느 시골 읍으로 돌아온 느낌이다. 아직 9시가 넘지 않았는데도 거리는 어둡고, 아침까지 내린 비로 골목은 질퍽거린다. 진창을 피해 밟으며 다른 골목으로 찾아 들어가 예스럽게 생긴 선술집에서 막걸리 두어 잔을 마시고 멀지 않은 곳에 있는 여관에서 오랫동안 빨지 않았을 것 같은 이불을 뒤집어쓰고 푹 잤다.

새벽에 일어나 동네를 돌아다니며 구경하고 면사무소를 찾아 들어가 용건을 얘기했지만 이런 일로 찾아오는 사람이 이곳에는 거의 없는 모양이다. 그는 당황하면서 거제 오광대에 대해서 처음 들어 본다는 표정을 지었다. 다만 옆의 한 직원이 여러 해 전에 어느 대학에서 와서 10여 리 떨어진 냉간이란 데서 이것저것 조사해 간 일이 있는데 거기를 가 보라고 했다.

그럴 작정으로 길거리에 나와 차를 기다렸으나 좀체 오지 않는다. 차라리 걸어야겠다는 생각으로 자리를 뜨는데 직행 버스가 한 대 와 멎는다. 해금강행이다. 별생각 없이 차에 올랐더니 엉뚱한 길로 빠지고 말았다. 꽤 큰 고개를 넘어 내렸는데 그곳이 동부면 학동이었다. 차에서 내리자 나는 먼저 가겟방을 찾아 들어갔다. 지나가면서 얘기를 듣기에는 가겟방보다 더 좋은 곳이 없기 때문이다. 마침 예순이 넘어 보이는 두 할머니가 안주도 없이 소주를 마시고 있었다. 그러나 그 할머니들은 이 마을 토박이들이 아니었다. 그렇다고 민요를 모르라는 법도 없을 듯해서 아는 것 있으면 불러 달라고 했으나, 모른다면서 아예 입도 떼지 않으려 했다. 그 중 한 할머니가 고성 마암에 산다기에 그 고장의 이름난 농요인 「등지」 중 「짧은 등지」 한 대목을 가락 없이 흥얼거려 보았다.

더디다 더디다 점심 채미가 더디다
숟가락 단반에 세니라고 더디다
바가지 죽반에 끼니라고 더디다
짚신 한짝 메트리 한짝 끈니라고 더디다
작은에미 큰에미 싸운다고 더디다

그러나 할머니는 들어 본 일이 없다고 잡아떼었다. 아무것도 모른다는 할머니들에게 내가 자꾸 캐묻는 것이 딱해 보였던지, 주인으로 보이는 30대의 젊은이가 "아저씨, 멀라꼬 그래요?" 하면서 내 옆에 끼어 앉았다. 내가 이 동네에 옛날 노래 잘 부르는 노인네가 없냐니까 그는 씩 웃으면서 이 고장에서 옛날 노래 들었다는 얘기는 못 들어 보았다고 말했다. 다만 그에게서 이 바닷가에 자리 잡은 지 200년이 되었다는 동네 내력을 들을 수 있었다. 학동은 100여 호 가운데 7,80프로가 여양 진(陳)씨 동족 부락으로서, 농업보다는 멸치, 갈치, 망어, 미역, 고등어, 전복 등 고기잡이를 더 많이 하지만 근래에는 가두리 어업도 성행해서 옛날보다는 조금은 살기가 나아진 편이다. 용왕제, 풍신제 등은 지금도 지내긴 하지만 여기에 신경을 쓰는 사람이 거의 없어 늘 지내는 둥 마는 둥이다. 동제도 없어졌으며,

농악 놀이는 언제 해 보았는지 기억조차 까마득하단다.

두 할머니와 헤어져 바닷가로 나가 보니 탁 트인 바닷가에는 주먹만 한 검은 돌이 깔려 있다. 언덕으로 올라가 길을 따라 해금강까지 걸어 보기로 한다. 빽빽이 박힌 나무들이 바다를 향해 가지를 뻗고 있는 모습은 이곳 아니면 볼 수 없는 광경이다. 도장포 가까운 언덕은 해금강이 있는 갈곶리와 육지를 실처럼 가늘게 잇고 있어 양쪽의 바다가 한꺼번에 내려다보일 지경이다.

버스 정거장으로 나와 알아보니 섬 밖으로 나가자면 또 충무행직행 버스를 타는 수밖에 없다. 아직 차 시간이 30분이나 남아서한 가겟방에 들어가 커피를 마신다. 거기서 만난 김간난 할머니는이렇게 좋아진 세상을 보면 자꾸만 30년 전에 고기잡이 나가 죽은남편 생각이 난다는 것이었다. 젊어서는 노래도 꽤 했다고 자랑했는데, 막상 내가 녹음기를 들이대자 처녀 때 망건 뜨기 놀이를 하면서 부르던 「망건 뜨기 노래」를 하겠다더니 "진주 맹지 큰아기—맹건 뜨기로 나간다"의 두 구절밖에 기억하지 못했다.

중부 지방의 놀이패와 농요

여꼭두쇠 바우덕이

이번에는 중부 지방을 다녀 보기로 하고 경기도 안성, 죽산, 여주, 강원도 원성, 충북 중원을 가기로 했다. 모두 서울에서 2,300리 밖에 안 되는 가까운 곳이고 이 고장들은 서로 멀지 않은 고장들이었지만 차편은 어디고 서울에서 연결되어 있었기 때문에 안성, 죽산, 여주, 원성, 중원을 각각 다른 날에 따로따로 기행하게 되었다.

먼저 수원으로 김윤배 시인을 찾아갔고 우리는 함께 안성으로 갔다. 이인좌가 소론을 규합하여 난을 일으켜(1728) 청주를 함락하고 기세등등하게 올라오다가 패하여 관군에게 잡힌 지점이 바로 지금의 교육청 언저리다. 교육청에 들러 몇 가지 자료를 얻어 가지고 나오면서 보니, 그래도 옛 풍물은 드문드문 살아 있어, 큰 길가에 유기점이 보인다.

막 비온 끝이라 들판에는 윤기가 돈다. 보리밭, 과수밭과 바야

흐로 모가 땅심을 맡기 시작해서 새파란 논들 사이로 꼬불꼬불 뚫린 포장된 시골 길을 20여 리 가니 서운초등학교가 있는 동촌이 나온다. 송기준 교장은 이 고장에서 나고 자랐고 학교도 다녔다. 자라면서 그가 가장 인상 깊게 들은 얘기는 여기서 20여 리 떨어진 서운산 골짜기로 올라가 있는 청룡사와 남사당에 얽힌 얘기였다. 그러나 남사당으로 살아 있는 사람이나 그 후예도 아는 사람이 없다는 것이다.

일단 송기준 교장을 앞세우고 청룡사로 향했다. 청룡사 아래 청룡리는 동북쪽의 불당과 남쪽의 부르니 두 자연 부락으로 이루어진 6, 70호 남짓한 작은 마을이다. 지금은 모두 농업에 종사하지만, 한때는 걸립패, 사당패, 또는 남사당패의 정착촌이었다는 설이 인근에 퍼져 있다. 그러나 이 마을 사람 가운데 아무도 이를 인정하는 사람은 없다. 다만 청룡사가 본디 걸립*으로 유명하던 절이라든가 이 마을에 바우덕이 얘기가 남아 있는 점을 가지고 이 설에 근거가 있음을 짐작할 뿐이다.

1860년에 불당골에는 '팔사당'이 있었다. 팔사당이란 사당집이 여덟 채 잇대어 있어 붙여진 이름이다. 이 사당집 중에 바우덕이라는 소녀가 있었다. 이 소녀는 북도 잘 치고 춤도 잘 추고 줄도 잘 타서, 얼마 전까지도 다음과 같이 그녀를 기리는 노래가 전해 내려오고 있었다 한다.

*걸립(乞粒): 절에서 필요한 경비를 마련하는 수단으로 시주하는 행사.

안성 청룡 바우덕이
소고만 들어도 돈 나온다
안성 청룡 바우덕이
치마만 들어도 돈 나온다
안성 청룡 바우덕이
줄 위에 오르니 돈 쏟아진다
안성 청룡 바우덕이
바람을 날리며 떠나를 가네

바우덕이는 패거리와 함께 대원군 앞에 불려 가 춤도 추고 북도
치고 줄도 타서 더욱 유명해졌는데, 그 뒤 바우덕이는 남자들만의
패거리인 '안성 남사당 먹뱅이 개다리패'의 꼭두쇠(우두머리)가
된다. 그러고는 여자의 몸으로 13년 동안이나 남사당패를 이끌어
오다가 거리에서 병을 얻어 죽는다. 청룡리 개울가에는 아직도 그
녀의 무덤이 있다고 하는데, 어느 것인지는 정확하지가 않다.

청룡사는 본디 사당 또는 걸립패의 근거지였고, 바우덕이는 그
일원이었다. 유랑하는 남성 전문 연희 집단인 남사당패가 지나다
가 기예가 뛰어난 그녀를 발견하고 남사당패의 일원으로 받아들
였고 마침내 그녀를 꼭두쇠로 모시기에 이르렀다. 남사당패가 바
우덕이의 지도 아래 들어가면서 사당패 또는 걸립패의 근거지를
자기들의 근거지로까지 삼게 되었다. 그래서 떠돌이 남사당패가
청룡사를 근거로 삼게 된 것이다.

남사당은 꼭두쇠를 우두머리로 하는 전문 연희 집단으로 일정한 거처가 없는 독신 남자로 구성되었다. 그들의 놀이는 풍물(농악), 버나(대접돌리기), 설판(땅재주), 어름(줄타기), 덧뵈기(탈춤), 덜미(꼭두각시놀음)의 여섯 가지로, 밥 먹여 주고 잠재워 주면 일정한 보수 없이도 동네 마당에서 밤새워 하는 것이 보통이다. 60여 년 전만 해도 시골 장터나 마을에서 흔히 볼 수 있었다는 이 남사당패 놀이는 당시 우리 민중의 한과 설움과 꿈을 대변해 준 놀이로서, 날카로운 풍자와 패러디를 보여 주어 전통문화 양식 가운데서도 가장 우리에게 친근한 것의 하나로 되었다(『서울의 전통문화』참조).

임꺽정과 죽산의 칠장사

　　다음 길은 칠장사로 잡았다. 남사당패, 사당패에서 임꺽정이 생각났고, 임꺽정 하면 칠장사를 빼놓고 생각할 수 없기 때문이다.

　　청룡사에서 죽산의 칠장사로 가자면 다시 안성으로 들어왔다가 그 유명한 두들기 고개를 넘어야 한다. 죽산에 토포사(討捕使)가 있던 시절, 여주, 안성, 양지, 음죽의 죄인들은 모두 죽산으로 호송되어 치죄를 당했는데 그때 마지막 넘게 되는 고개가 두들기 고개다. 여기서 죄인들은 가족들과 마지막 이별을 하면서 땅을 치고 통곡했다고 두들기 고개란 이름이 붙었다. 그러나 이제 이 길은 어디가 고개이고 어디가 언덕인지조차 구별하지 못할 정도로 잘 포장돼 있다.

차는 불과 한 시간도 채 안 달려서 이죽면 개자에 도착했다. 여기서도 고개 하나만 넘으면 충북 음성의 광혜원이다. 먼저 광선초등학교를 찾아 들어갔다. 칠장사가 있는 칠장리가 이 학교 학군에 속하니 그에 대한 얘기를 들을 수 있을 것이라 생각했다. 학교에는 칠장사나 이 고장의 내력을 잘 알고 있는 교사는 없었지만, 시를 좋아한다는 이경희 선생이 다행히 우리를 안내하겠다고 나섰다.

학교를 나와 1킬로미터 남짓한 지점에서 농로로 접어들었다. 그동안에 논에서 모를 심거나 논둑에 앉아 못밥을 먹는 농군들을 여러 차례 만났고, 그때마다 이경희 선생과 그들은 서로 인사를 했다. 길은 시멘트로 잘 포장돼 있었지만 군데군데 경사가 급했고 꾸불꾸불했다. 산과 산 사이에 막혔거나 언덕 아래 들어앉은 마을들은 물기를 머금은 신록과 어우러져 어느 하나 빠짐없이 아름다웠는데, 여기서부터가 절 아랫마을 칠장리라 해서 차에서 내리니, 마을 한가운데를 가르며 시내가 흐르고 시내를 따라 서 있는 우람하고 아름다운 밤나무, 느티나무, 감나무들과 조화를 이루면서 집들이 들어앉아 있다. 입구의 가겟방에 두 중늙은이가 앉아 소주를 마시고 있기에 동네의 이름을 물으니 극락골이란다. 산직말, 새텃말, 댐말, 그리고 이 극락골이 합쳐 칠장리가 된다는 것이다. 극락골에서 칠장사 올라가는 중간쯤에 있는 새텃말도 극락골에 못지 않게 아름답다.

칠장사로 올라가 본다. 1308년(고려 충렬왕 43년)에 창건되었다고 알고 있지만 전해 내려오는 이야기로는 훨씬 더 오래된 절이다. 이 절이 임꺽정과 깊은 연관이 있다는 사실을 이 근방 나이 지긋한 사람치고 모르는 사람이 없다. 먼저 이 절은 임꺽정과 박유복의 스승이며 임꺽정 누이의 시아버지인 갖바치가 중이 되어 머문 절이다. 갖바치 병해 대사는 생불 대접을 받으며 지내다가 입적한 뒤에는 임꺽정 등이 불상으로 모신다. 또 임꺽정, 이학봉, 박유복, 배돌석, 황천왕동, 곽오주, 길막봉 등 7형제는 이 절 불상 앞에서 의형제를 맺으니, 말하자면 칠장사야말로 임꺽정 반란의 발상지인 셈이다.

소풍 철에 학생들이 소풍 오는 것 말고는 거의 찾아오는 사람이 없다는 고찰을 두루 구경하고서는 다시 마을로 내려와, 산지기가 살았대서 산직말, 새로 생겼대서 새텃말, 극락이나 다름없대서 극락말로 각각 불리는 칠장리의 세 마을을 돌아본다. 모두들 들에 나가 거의 비어 있다시피 한 마을을 카메라와 녹음기를 메고 어슬렁거린다는 것도 여간 민망한 일이 아니다. 마을 사람과 마주쳐도 꼭 필요한 말 몇 마디밖에 물을 수가 없다. 건성건성 돌아보고 죽산으로 빠져나왔다.

옛날에 죽산은 이 고장의 중심지로, 고구려 때는 개차산군(皆次山郡), 신라 때는 개산(介山), 고려 때는 죽주(竹州)로 불리다가

조선조에 들어와서 죽산(竹山)으로 불리게 된 유서 깊은 고을이
다. 그러나 내가 가끔 지나가기도 한 죽산을 볼 생각을 한 것은 유
서 깊은 고을이라서가 아니라, 이 고을이 죽산 조봉암과 인연이
있는 고장이기 때문이다. 오직 무력 통일만이 합법적인 남북 통일
이라 생각했던 1958년에 죽산은 평화 통일 외에는 통일의 길이
없음을 주장하면서 구체적이고 현실적인 방법을 내놓는다. 그러
나 국가 보안법을 위반했다는 이유로 죽산은 처형당한다. 죽산이
란 호는 바로 이 고장 이름에서 딴 것으로, 이 고장은 곧 그의 선대
가 살았던 곳이기도 하다. 그러나 일제 시대에 형성되었을 것으로
보이는 차도를 낀 가게 거리에서 몇 사람을 잡고 물어 보았지만,
그의 이름을 기억하는 사람은 아무도 없다.

기계 모내기와 경운기

다음 날엔 먼저 여주 신륵사를 찾아갔다. 얼마 전까지 청룡사
주지로 있던 원경 스님을 만나 청룡사와 사당패 또는 걸립패와의
관계를 듣기 위해서였다. 그러나 아침 일찍 나갔다는 스님은 쉽게
돌아올 것 같지 않았다. 절 입구에서 만나기로 약속한 김윤배 시
인을 기다렸다. 이 방면에 관심이 있는 걸운초등학교 전경미 선생
이 안내를 자청해 왔다고 김윤배 시인은 미리 알려 주었다. 나는
소란스러운 관광객들에게서 벗어나고 싶었기 때문에 원경 스님

을 만날 것을 단념하고 점심을 먹고는 서둘러 신륵사를 떠났다. 이 지방 시골을 보고 싶다는 내 요청에 따라 이 근방을 잘 아는 전경미 선생이 우리를 데리고 간 곳은 신륵사에서 10여 킬로미터 떨어진 같은 북내면 안의 운촌리라는 마을이었다. 들어가 보니 강원도 쪽으로 긴 능선이 병풍처럼 하늘을 가리고 있기는 하지만, 생각했던 것보다는 훨씬 기름진 들판이다. 아직 모내기가 한창인 듯했는데, 모두 기계 모내기였다. 길가며 대문 앞이며 사랑 마당에는 경운기 따위가 버려지듯 아무렇게나 놓여 있었다.

마을 회관이 있는 동네 복판으로 나오니 이 동네에 대대로 살아왔다는 장연기 씨와 이종규 씨가 가겟방에서 소주를 마시고 있다. 마침 목도 마르던 참이라 우리도 맥주 서너 깡통을 사 들고 자연스럽게 껴 앉았다.

"촌구석이기는 하지만 땅 좋고 물 좋고 공기 좋은 곳이지요. 15, 6년 전만 해도 면내에서는 제일 가는 부촌이었지요. 기계 모내기도 우리 동네가 제일 먼저 시작했지, 아마."

장교로 복무하다가 제대했다는 장연기 씨는 이렇게 마을 자랑부터 늘어놓았다. 동네 옛 이름은 어두구니, 늘 어둑어둑 구름이 끼어 있대서 붙여진 이름이다. 운촌(雲村)은 그 한자말이다. 110호 중 모내기 기계만도 25대, 기계모가 93프로에 이른단다. 양수기도 집집마다 있다시피 하고, 경운기는 집마다 2, 3대, 장연기 씨도 4대나 가지고 있다. 이 동네가 이렇게 넉넉한 것은 땅이 기름진 탓이다.

인심이 좋은 것은 당연하다. 일하고 나서는 연장을 논밭이나 둑에 두고 오는 일이 예사이지만, 없어진 일이라고는 마을이 생긴 이래 한 번도 없었다.

장연기 씨와 이종규 씨도 막 모내기를 모두 마치고 농기구는 들에 둔 채 들어와 술을 마시는 중이다. 모내기 마치면 농사를 반은 지은 거니까.

동제는 없어진 지 오래고, 풍물도 한국 전쟁 뒤로는 거의 없어진 것이나 같다. 징, 꽹과리, 북 등이 두세 개 동네 사랑방에 보관돼 있지만, 그것을 칠 수 있는 사람은 아무도 없다. 모내기 노래 등들 노래도 완전히 없어졌고 기억하는 사람조차 없다.

마을을 나오면서, 처음부터 기대하지는 않았지만, 남아 있는 옛 풍습을 하나도 보거나 듣지 못한 점이 못내 아쉬웠다.

영서 지방 「미나리」의 특성

밤차로 미리 내려가 원주에서 자고 일찍 학교로 전화를 하니 일면식도 없는 최희웅 선생이 지금 곧장 학교로 와 달란다. 학교에 도착해 보니 최희웅 선생은 교무실 앞에서 기다리고 있다가 나를 안으로 데리고 들어갔는데 교무실에서는 송진규 선생과 몇 선생들이 나를 기다리고 있었다.

송진규 선생이 나서 자란 곳은 원주시의 북쪽에 붙은 호저면 주산리다. 주산리 사람들은 대개 5리 밖쯤 나간 곳에 농토를 가지고 있었기 때문에, 5리의 긴 언덕과 그 아래로 난 길을 오가며 농사를 짓지 않으면 안 되었다. 그가 자랄 무렵에는 이미 농요가 일의 현장에서는 없어졌을 때였다. 그러나 마을 사람들은 언덕과 길을 오가며 노래를 주고받았다. 언덕으로 가는 사람이 한 마디 하면 길로 가는 사람이 받아 한 마디 하고, 길로 가는 사람의 노래가 끝나면 언덕으로 가는 사람이 노래를 이었다. 어려서 듣던 이 노래들을 다시 듣고 싶고 남에게도 들려주고 싶고 또 남기고 싶어 조사도 하고 녹음도 하게 되었다는 것이다. 그는 인접한 이웃 고장들도 함께 조사하고 녹음하면서 가락이 서로 한군데서 배운 것처럼 같은 데 놀라기도 했다고 한다. 또 하나 놀라운 것은 그가 조사한 지역이 모두 강원도 동부로 경기도와 접한 고장인데도 여주, 양평 등 경기도 농요와는 가락이나 노랫말이 완전히 다르다는 것이다. 그가 채록하고 당시 같은 학교에 있던 임채순 선생이 채보한 영서 지방 「미나리」를 들어 보자.

> 심어 주게 심어 주게 심어를 주게
> 요 논 자리만 심어를 주게
> 넘어갔네 넘어갔네 넘어를 갔네
> 이남박에 돌 넘어갔네
> 오늘의 해도나 다 졌는데
> 골골 마등에 (마다) 그늘이 졌네

이실에 아침에 만났던 동무
해 넘어 가니나 이별일세
오늘에 해도나 다 갔는데
꼴 베는 친지들은 꼴 베러 가세
뻐꾸기 후두치는 구슬피 우는데
정든 임 마음인들 온전할까
날 다려 날 다려 날 다려가오
한양의 낭군님아 날 다려가오
날 다려 주면 천생연분이요
안 데려가며는 백년 웬수
불어 주게 불어 주게 불어를 주게
슬스레 동남풍 불어를 주오
지워 주게 지워 주게
구름에 정자를 지워 주게
구름에 정자를 지워나 놓고
담배나 먹고 쉬어서 매세
심어 주게 심어 주게 심어를 주게
오종종 줄모를 심어를 주게

  송진규 선생은 수업이 없다면 동행하고 싶다면서 소제면 주산리, 흥업면 사제리와 산현리, 소초면 수암리 등을 가볼 것을 권했다. 그러나 최희웅, 송진규 선생과 헤어져 학교를 나오니 아침부터 내리기 시작한 빗줄기가 제법 굵어졌다. 어쩔 수 없이 택시를 타고 주산리로 향했다.

비닐우산 하나 살 곳도 없어 비를 맞으며 기웃대다가 최성준 노인을 겨우 찾아냈지만 그는 내 용건을 듣고 별로 반가워하지 않았다. 옛날에는 더러 소리도 했지만 이젠 잊어버려 잘 생각나지 않는다는 것이었다. 그래도 서울서 여기까지 소리를 듣겠다고 일부러 온 사람의 성의도 생각하라는 친구의 성화에 못 이겨 몇 대목 하기는 했지만, 발음도 정확하지 않고 더듬는 대목이 더 많았다. 지나가던 사람들이 기웃대면서 별 쓸데없는 짓 다 한다는 투로 한 마디씩 하곤 했는데, 지금 민요를 듣는 일이 얼마나 어려운가를 말해 주던 송진규 씨가 새삼스럽게 생각났다.

원주 시내로 나와 언덕 아래로 난 길을 걸으면서 보니 하늘이 새파랗게 개기 시작한다. 이 길과 저 언덕이 농로 5리를 오가며 일자리에서 밀려난 「미나리」를 주고받던 곳이다.

> 꽃을 꺾어서 머리에다 꽂고
> 잎을 뜯어서 나도 입에도 물고
> 조선 십삼도를 유람이나 갈까나

「탄금대 방아 타령」의 마수리

「탄금대 방아 타령」으로 널리 알려져 있는 중원군 신니면 마수리에 간 것은 다시 하루를 쉬고서였다. 먼저 충주로 내려가 기다리고 있는 고향 후배 김기덕 군과 함께 신니면까지 가니 이미 12시가 넘었다. 자장면으로 점심을 때우고 멀지 않은 마수리까지 걸어서 갔다.

마수리는 뒷산 모습이 말발굽처럼 생겼다는 마제, 옛날에 옻샘이 있었다는 온수골, 장사가 큰 돌을 들어 올렸다는 들둑개, 절이 있었다는 절말 등의 자연 부락으로 이루어져 있다. 이 가운데서 마제가 중심이 되는 마을인데,「탄금대 방아 타령」은 바로 이 마을에 예부터 전해 내려오는 농요로 1960년대 이후 듣기 어렵게 된 것을 1970년대 복원한 것이다. 여기엔 뛰어난 노래꾼인 지기선 씨의 역할이 컸다. 그가 처음 이사 왔을 때만 해도 마제에서는 모 찌면서, 모내면서, 논매면서, 벼 베면서 으레 노래를 불렀다. 목청이 빼어난 지기선 씨가 메김소리를 도맡아 했는데 노인네들이 하나 둘 죽으면서 노래도 하나 둘 없어지기 시작했다. 외지에서 들어온 사람이면서도 이 동네 농요에 반했고 또 누구보다도 잘 불렀던 지기선 씨는 이래서는 안 되겠다고 생각했고 그래서 20여 년 전 같은 동네 토박이인 박태섭, 김인호 씨 등과 함께 옛 노래를 복원하는 일을 시작했다. 이것이 가능했던 것은 이 부락에 농악이 끊이지 않고 살아 있었기 때문이다. 그리하여 1972년에는 전국 민속 경연 대회에서 「탄금대 방아 타령」으로 대통령상을 수상하기까지 했다.

지기선, 박태섭, 김인호 씨가 부르는 노래를 듣게 된 것은 여간 기쁜 일이 아니었다. 지기선 씨의 빼어난 목청과 무르익은 기교, 어려서 어른들로부터 노래를 배웠다는 박태섭 씨의 약간 탁한 것 같은 소리, 마디마디 끊어서 하는 것 같은 김인호 씨의 소리, 모두 제각기 특성이 있어 듣기 좋았다. 시간이 없기 때문에 우리가 들을 수 있었던 소리는 「절우자」(모찌기 노래), 「아라성」(모내기 노래), 「어화굼실대허리야」(논매기 노래)뿐이었지만 이밖에도 논매기 노래인 「존방아」, 「중거리방아」, 「자진방아」가 있고, 여성들의 작업요인 「진방아」, 「중거방아」, 「자진방아」가 있다 한다. 또 논에 밑거름으로 넣는 갈을 꺾으면서 부르는 「갈 뜯는 노래」가 있고, 다리를 놓거나 집을 지을 때 땅속으로 말을 박으면서 부르는 「말 박는 노래」가 있다. 우리가 들은 「절우자」와 「어화굼실대허리야」를 여기 옮겨 보자.

절우자 절우자 이 못자리를 절우자(메기는 소리)
앞뜰에는 모를 심고 뒤뜰에 콩을 심어(받는 소리)
절우자 절우자 이 못자리를 절우자
놀지를 말고 일을 하면 연년히 풍년이 돌아온다
절우자 절우자 이 못자리를 절우자
이 자리를 얼름 절워 저 논빼미에 옮겨 심어
절우자 절우자 이 못자리를 절우자
꽃잎 나고 떡잎 나서 일취월장 잘 자란다

절우자 절우자 이 못자리를 절우자

어화굼실대허리야 어화굼실대허리야 여보시오
농부님네 어화굼실대허리야
불쌍하고도 가련하다 어화굼실대허리야
부모처자 다 버려두고 어화굼실대허리야
초군 중에 고생하니 어화굼실대허리야

위 노래 중 「절우자」의 내용을 살펴보면, 먼저 후렴을 몇 번 되
풀이한 다음 메기고 받으면서 시작되는데 장단은 중모리였다. 또
노랫말은 1음보가 내재박 2박을 이루며 내재박 4박이 내재마디
한 마디를 이룬다. 즉 2음보가 내재마디 한 마디가 되는 것이다.

하룻밤 묵으라는 것을 사양하고 장터로 나와 택시를 타고 충주
에 도착하니 새벽 1시다. 너무 늦은 시간이라 충주 노래꾼 권재은
에게서 노래를 듣자던 계획은 포기할 수밖에 없었다. 그 일이 애
석했지만, 그래도 이번 길에는 생각했던 만큼은 볼 것도 보고 노
래도 들을 만큼은 들었다는 느낌이다.

지리산 산자락의 옛 문화

남원의 순애보

우리나라 사람치고 『춘향전』의 사랑 이야기를 모르는 사람이
없을 것이고, 이 이야기의 배경인 남원은 유명한 고을이 되었지
만, 『춘향전』 말고도 남원을 무대로 한 '순애보'가 여럿 있다는 사
실을 아는 사람은 많지 않을 것이다.

김시습의 『금오신화』의 첫 대목에 나오는 「만복사저포기(萬福
寺樗蒲記)」도 그 순애보 중 하나다. 남원에 양씨 성을 가진 노총
각이 일찍 어머니를 여의고 만복사에 방 한 칸을 얻어 외로이 살
고 있었다. 그는 온 마을의 젊은 아낙네와 처녀들이 모여 탑돌이
하는 전날 부처님과 저포를 해서 이긴다. 그래서 부처님은 그에게
탑돌이를 하러 온 처녀와 사랑하게 하는데, 그 처녀는 귀신 처녀
다. 며칠간 뜨거운 사랑 끝에 귀신 처녀는 저 세상으로 돌아가고
양은 지리산으로 들어가 다시는 장가들지 않고 약초를 캐며 산다.

『춘향전』과 반대로 여기서는 남자가 절개를 지키는 것이다.

17세기 때의 문인 유몽인의 『어우야담(於于野譚)』 중 「홍도전(紅桃傳)」은 남원을 무대로 한 순정담이다. 남편 정생을 따라 남장하고 전쟁에 나가 싸우던 홍도는 싸우다가 남편과 헤어지고, 아내가 중국으로 잡혀갔다는 소문을 들은 정생은 아내를 찾아 중국으로 간다. 우여곡절 끝에 정생은 일본군 포로가 되었다가 남만으로 팔려 가고 있는 아내 홍도를 만나 함께 옛 고향 남원으로 돌아오게 된다. 이 이야기는 정유재란으로 남원성이 왜군에게 함락됐을 때 있었던 실화를 바탕으로 하고 있다. 이밖에도 남원에는 열녀의 설화와 전설이 특별히 많은데, 이런 이야기들을 보면 『춘향전』 모델이 있었거나 적어도 남원이 조선 시대에 도덕적으로 본받을 만한 고장이었다고 생각하게 한다.

지금 남원에서는 매년 음력 4월 초파일에 춘향제가 열린다. 춘향제는 춘향 사당이 건립된 1931년에 시작되었으며, 처음에는 춘향이 몽룡과 만난 것을 기념하기 위해 5월 단오에 하다가 이때가 농사일로 바빠서 춘향의 생일인 4월 초파일로 바꿔 지내게 되었다.

춘향제는 일제 말기 당국이 이를 엄격히 금하자 밤에 몰래 지내고 한국 전쟁 중에도 계속될 만큼 중요한 행사가 되어 지금 남원 사람들은 4월 초파일을 '부처님 오신 날'과 함께 '춘향이 생일날'로 기억하고 있다. 춘향 문화 선양회에서는 춘향제전 위원회를 조직하여 춘향제를 관장하여 다양한 문화 행사를 열고 있다.

필봉 농악의 상쇠를 찾아

남원 문화원에서 나와 첫길을 임실 필봉 농악의 상쇠 양순용 씨가 살고 있는 보절면 금다리로 잡았다. 필봉에는 본디는 당산굿이나 마당밟이 정도나 치는 단순한 농악이 이어져 왔는데 60여 년 전에 유명한 상쇠 박학삼이 이웃 마을에서 이 동네로 들어오면서 판굿 같은 수준 높은 농악으로 발전했다. 필봉 농악은 40여 호 주민 가운데 40명이 동원되어 농악대를 구성하고 있을 정도로 크다. 내가 갔을 때 양순용 씨는 남원으로 이사 간 지 1년이 넘었지만 판굿이나 마당밟이 같은 큰 풍물이 있을 때는 꼭 돌아와서 쇠를 잡는다고 했었다.

양순용 씨가 살고 있는 호복동에 도착해 보니 길을 가운데로 하여 둔 언덕 아래위로 드문드문 자리 잡은 집들에 한결같이 두세 그루씩의 감나무가 어린 감들을 잔뜩 달고 서 있었다. 양순용 씨네 집을 찾아가자, 바로 앞집에서 학생들이 양순용 씨는 언덕 아래의 저수지에 가 있다고 알려 주었다. 농악을 배우러 와 있는 연세대학교 농악반 학생들이었는데, 한 학생이 오전 연습을 마치고 낮잠을 자고 있는 학생을 깨워 우리를 양순용 씨가 있는 저수지까지 안내하게 했다. 양순용 씨는 바짝 말라 아주 깊은 곳을 빼놓고는 바닥이 드러나 있는 저수지 물에 낚시를 드리운 채 학생들 서넛과 함께 나무 그늘에 앉아 있다가 우리를 맞이했다. 다행히도 그는 우리 민요 연구회에 대해서 조금은 알고 있었다.

그가 대를 이어 살던 임실 필봉을 떠나 이리로 이사 온 것은 1984년이다. 호복동은 저수지 옆의 산등이 마치 호랑이가 엎드려 있는 형상이라 해서 붙여진 이름인데 작은 마을이지만 그래도 옛날에는 풍물이 있어서 동네 사랑방에 장구, 북 등이 여러 개 보관돼 있었다. 징, 꽹과리 등이 깨어져 못 쓰게 된 것은 유감이었지만, 쓸 수 있는 악기만 가지고도 일단 다시 풍물을 일으켜 세울 수가 있었다. 그는 큰 보람을 느꼈고 동네 사람들도 좋아해서 그는 이내 몇십 년 더불어 살아온 것처럼 동네 사람들과 어울릴 수 있었다.

그는 1주일에 네 번, 월·화·수·목요일엔 시내에 있는 좌도 농악 전수관에 나가 2시부터 8시까지 풍물을 지도한다. 지금 풍물을 배우는 사람들은 50명, 두 패로 나누어 가르친다. 끝나면 버스를 타고 진기까지 와서 걸어서 집으로 돌아오면 꼭 10시 20분. 게다가 방학만 되면 집은 외지에서 좌도 풍물을 배우러 온 학생들로 붐빈다.

"배우겠다는 학생들이 고맙지요. 제가 잘하는 일이 이것밖에 또 있나요."

더욱이 배우겠다는 학생들이 점점 늘어 기쁘단다.

"우리가 배울 때만 해도 가락과 너름새가 전부가 아니었지요. 법칙을 알고, 엄격한 법칙과 규칙 위에서 쇠를 쳤으니까요."

그가 말한 호남 좌도 농악의 특징은 북과 징을 많이 쓰지 않는다는 것이다. 이 점이 북과 징을 많이 쓰는 경상도 농악과 다르다. 또한 잡색이 고루 갖추어져 있고 일채에서 칠채까지 채굿과 짝드름을 쓰는 전형적인 좌도 농악이지만, 짝드름이 다른 고장에 비하여 느리다. 잦은몰이(자진모리)로 몰다가 짝드름으로 넘기고, 싸쩹이로 나가서 휘몰이 장단으로 마치는 빠른 가락이 많다. 또한 이것이 호남 좌도 농악의 특징이기도 하다.

"1970년대까지만 해도 지역적 특색이 있었지요. 그런데 지금은 좋은 가락은 서로 본 따서 서로 비슷비슷해지고 말았어요. 이것을 과연 발전이라고 말할 수 있을까요."

풍물 치면서 고생도 많이 했지만 돈을 받고는 절대로 치지 않았다. 돈을 받으면 내 주장대로 칠 수가 없었기 때문이다. 지금도 누가 돈을 주면 도저히 칠 수 없을 것 같다고 말했다.

"요즈음 젊은이들은 풍물을 너무 쉽게 생각해요. 두어 주일 배우면 치게 될 줄 아는 사람이 허다하니까요. 풍물의 세계는 멀고 깊다는 걸 알아야지요" 하고 풍물을 배우려는 젊은이들에게 충고하기를 잊지 않았다.

양순용 씨가 이 고장으로 옮겨 살게 한 인연이 되어 준 삼동굿은 금다리에서 시내로 나가기 위해서는 지나가야 하는 큰길에서 멀지 않은 괴양리에 예부터 전해져 내려오는 놀이다. 거의 사라져 가는 이 놀이를 1982년에 재현, 광주에서 있었던 전국 민속 경연 대회에서 대통령상을 받았는데 이때 양순용 씨가 농악을 지도했다. 삼동굿은 출산에서 성장, 입신, 출세의 과정을 나타내는 놀이로서 첫째로 낳을 때는 순산을 하고, 둘째로 무병하여 잘 자라고, 셋째로 커서는 글을 읽어 과거에 급제하거나 농사를 지으면 큰 농사꾼이 되라는 내용을 차례차례 놀이 속에 담은 것이 특징이다. 삼동굿이 끝나면 지네밟기를 하게 되는데, 마을 여자들이 한 줄로 서서 앞 사람의 허리를 잡고 엎드리면 그 위를 삼동굿을 한 아이들이 밟고 지나가는 이 지네밟기야말로 삼동굿 놀이 가운데서도 가장 장관이라 한다.

지네밟기 때는 노래를 부른다. 『한국의 농요』의 저자 이소라 씨가 채록한 노래를 보면 다음과 같다.

어럴럴 지네 밟세 일심으로 지네 밟세(후렴)
삼괴정의 우리 동민 지네밟기를 힘을 쓰세(앞소리)
삼강오륜 예의촌은 심괴정이가 이 아닌가(앞소리)
삼태화백 계룡산에 영계옥진 대명당은(앞소리)
삼정승이 난다하고 자고 지금 전해왔네(앞소리)
삼생구수 저 지네가 삼백육순 욕침하니(앞소리)

삼동굿을 마련하여 삼동으로 밟아내세(앞소리)

삼십삼천 도솔천명 저 지네를 반복시켜(앞소리)

삼재팔란 물리치고 삼괴정이가 부흥한다(앞소리)

명창의 고장

운봉면 소재지에서 국도를 따라 동쪽으로 10여 리 가다 보면 전
승비 하나가 서 있는 것이 보인다. 비가 있는 동네라 해서 비전(碑
殿)이라 불리는 이곳 황산 아랫동네는 판소리의 명창이 많이 난
고장으로 이름난 동네다. 가령 조선조 말에 판소리 세계에서 유일
하게 가왕(歌王) 칭호를 들었던 송흥록과 그의 아우 송광록 형제
가 바로 이 마을 태생이며, 근세의 판소리 명창 박초월은 이곳에
서 나서 한때 이 마을에서 살았다. 판소리 200년사에 가장 많은
제자를 두었으며 오늘날 판소리의 주류가 되고 있는 송만갑
(1865~1939)은 비록 구례에서 태어났지만 송광록의 손자이니
비전과 무관하다 할 수 없다.

이 명창들의 발자취를 찾겠다고 100여 그루 늙은 소나무들이
마을을 업고 서 있는 전촌을 지나, 가뭄에도 물이 그득 흐르는 내
에 걸쳐 있는 다리를 건너 비전에 이르렀지만, 막상 동네 노인들
은 판소리의 동편(東便)제를 완성했으며, 분명히 이 마을에서 나
서 이 마을에서 살았다고 기록에 나와 있는 송흥록에 대해 잘 알

지 못했다. 송흥록이 이 마을에서 나서 이 마을에서 살지 않았냐니까, 그런 얘기도 있지만 너무 옛날 얘기라 분명하지 않다는 대답들이다. 대신 박초월이 이 마을에서 태어나서(1915) 한때 살기도 했다는 사실은 모두 알고 있었는데, 그녀가 살았다는 집도 그냥 있고 그녀의 조카 박사홍 씨도 이 마을에 살고 있었다.

동네에서 나와 전촌의 솔밭 길을 지나 길 건너 동네인 화산리로 들어가 본다. 들어가는 길가에 잡초가 무성한 무덤이 한 기 누워 있다. 상석이 있는 것으로 보아 처음부터 주인 없는 무덤은 아니었을 텐데, 좀 떨어진 밭에서 일하는 사람들에게 물어보았더니 누구 하나 무덤의 내력을 아는 사람이 없다.

운봉의 돌 장승

화수리에서는 동면의 인월이나 운봉면의 서천리가 거의 비슷한 거리였지만, 일단 인월로 들어가 자기로 했다. 구름 속을 드나드는 달빛 아래 지리산의 크고 높은 봉우리들이 멀리 보이는 인월의 한 여관에서 1박 했는데 아무래도 운봉 서천의 돌 장승, 주천면 회덕리의 새집(초가집)들을 그냥 지나치고 곧바로 산내면으로 들어간다는 것은 아쉬운 일이었다. 계획을 바꾸어 아침밥을 먹고 버스를 타고 운봉으로 되돌아갔다.

운봉에 와 내리니 막 학생들이 등교하는 시간이었다. 학생들이 알 것 같아 돌 장승 있는 곳을 물었지만 분명하게 대답해 주는 학생이 없다. 마을 외곽으로 난 큰길을 한참 걸으니 여교사로 보이는 처녀가 마주 온다. 그녀가 돌 장승의 정확한 위치를 알려 주어, 서천리에서 장교리로 가는 길가에 서 있는 두 기의 돌 장승을 찾아갈 수 있었다.

돌 장승은 길 양쪽에서 마주 보며 서 있는데 근처에는 서너 그루의 늙은 느티나무가 서 있고 여러 기의 비석도 흩어져 있다. 번듯하게 눈에 띄는 게 있어 가까이 가 보니 충혼탑이다. 지나가는 사람이 있어 알아보니 이곳이 옛날의 당산이었다 한다. 지금도 서하마을에서는 초하룻날 밤에 당산제를 지내는데 이때 당산나무는 큰 당산이 되고 장승은 작은 당산으로 제를 지내게 된다고 한다.

1970년 5월 20일 민속 자료 20호로 지정된 이 돌 장승은 둘 모두 눈이 툭 불거지고 코가 뭉뚱그려져 있고 이를 드러내 보이고 있는 전형적인 귀면괴수형(鬼面怪獸形)이다. 북쪽 장승은 높이 220센티미터로 앞면에 '방어 대장군(防禦大將軍)'이라 새겨져 있고, 10여 미터 거리를 두고 마주한 남쪽 장승은 높이 207센티미터로 앞면에 '진서 대장군(鎭西大將軍)'이란 명문이 보인다. 장승은 흔히 재료에 따라 돌 장승과 나무 장승, 기능에 따라 이정표로서의 장승과 수호신으로서의 장승, 소재 또는 장소로 보아 사원 장승, 읍촌 동구 장승, 경계 장승, 노방 장승 등으로 구별하지만 이돌 장승은 명문으로 보건대 이정표로서보다는 수호신으로서 세워졌던 점은 분명하다. 장승의 기원에 대해서는 여러 설이 있지만, 솟대, 선돌, 서낭당에서 유래했다는 고유 민속 기원설이 가장 유력한 것 같다.

운봉면에는 이곳 말고도 여러 곳에 돌 장승이 있다. 북천 마을과 신기 마을 경계에도 '동방축귀 대장군(東方逐鬼大將軍)'과 '서방축귀 대장군'이라는 명문이 새겨진 한 쌍의 돌 장승이 있으며, 권포 마을 입구에는 둘씩 짝을 지은 4기의 돌 장승이 있다. 이 장승들을 모두 보고 싶었지만 일정이 빡빡하여 가까이에 있는 주천면 회덕리로 가서 새집을 구경한 다음, 이 근방의 대표적인 돌 장승인 실상사 입구의 돌 장승을 보는 것에 만족하기로 한다.

민속 자료 제15호로 지정돼 있는 입석리 실상사 입구의 돌 장승은 세 번째 보는 셈이지만, 볼 적마다 그 특이한 짐승들의 표정은 나를 사로잡는다. 원래는 넷이던 것이 병자년(1936년) 대홍수 때 하나가 떠내려가고 지금은 해탈교 건너기 전 오른쪽에 하나, 건너서 오른쪽과 왼쪽에 각각 하나 모두 셋이 남아 있는데, 하나는 너그럽게 웃고 있고, 또 하나는 눈을 부릅뜨고 있고, 나머지 하나는 머리를 수굿이 하고 오뇌에 잠겨 있다. 장승은 각각 키가 290센티미터, 253센티미터, 253센티미터로 비교적 큰 장승에 속한다. 제작 연도는 영조 1년, 1725년이다. 돌 장승에 하는 의식은 전혀 없고, 그저 마을 사람들의 기복의 대상이 될 뿐이다.

실상사 입구의 돌 장승을 보러 가기 전에 들른 곳이 운봉에서

그 반대쪽으로 8킬로미터쯤 떨어진 주천면 회덕리 모디기라는 마을이다. 왼쪽으로는 지리산의 연봉들이 멀리 보이고 오른쪽으로는 지리산 큰 품으로 가고 싶어 안달이 난 작고 밋밋한 언덕들이 이어져 있었다. 회덕리, 지리산 아래 모여 산다고 해서 모디기라는 자연 부락은 모두 45호로 언덕 아래로부터 위로 올라가며 자리를 잡고 있었는데 다른 동네와 마찬가지로 감나무와 밤나무로 뒤덮여 넉넉한 느낌을 주는 마을이다. 이 45호 가운데 5호가 새로 지붕을 엮은 새집으로 그 가운데 4호는 언덕 아래쪽인 마을 입구에 자리 잡고 있으면서 마치 온 동네를 새집 동네인 것처럼 보이게 하고 있었다. 새집들은 또 그만큼 크고 위풍이 당당했다.

길가에서 첫 번째 집인 고광진 씨네 집은 안채와 행랑채가 모두 새집이었는데, 이은 지 꼭 20년이 되었다니 그가 서른다섯 살 때이었다는 얘기이다. 그 전에도 새집이었는데 그가 새를 이은 것도 잇는 것을 본 것도 20년 전 딱 한 번 뿐이었다. 한 번 이어 놓으면 4, 50년은 가기 때문에 새를 잇는 것은 평생에 한 번뿐이다. 이 집도 앞으로 30년은 문제 없으니 그가 다시 새를 잇는 일은 없으리라 했다.

새로 지붕을 잇는 일은 어렵다. 갈대 따위 잡풀이 섞이면 안 되기 때문에 벨 때부터 세심한 주의를 기울여야 한다. 옛날에는 새로 지붕 이을 것을 생각하여 미리부터 고리봉 너머에 새밭을 키우기도 했다. 이 지붕을 잇는 데는 솔가지가 130짐, 새가 100짐이 들었다. 솔가지와 새는 모두 고리봉 너머에서 등짐으로 져 내려왔다. 고광진 씨는 직접 져 내리기도 했지만 수십 품을 사기도 했다. 그가 그때 새로 지붕을 이을 수 있었던 것은 그래도 살림이 넉넉했기 때문이다. 새로 지붕을 잇는다는 일은 가근방에서는 잘사는 집 아니고는 엄두도 못 낼 일이었다. 한때 새집은 밥술이나 먹는 집의 위엄을 과시하는 징표이기도 했다.

주천면 주천리 하주 마을에는 다음과 같은 동요가 있다.

> 오동추에 달은 밝고
> 임의 생각이 절로호 헤헤 나네
> 어리시구나 위위 나헤헤야노
> 나헤헤헤헤헤 노자
> 청사초롱 불 밝혀 들고
> 임의 방에로 놀러허 헤해 가네
> 어리시구나 위위 나헤헤야노
> 나헤헤헤헤헤 노자

상주 마을을 찾아가 이 노래를 직접 듣지 못하고 김재은 씨가 녹음해 보낸 테이프로 듣는 것은 유감이었지만, 노고단도 올라가 보고 또 남원에서 일하는 조용호의 친지 덕으로 새집이라는 옥호의 집에서 미꾸리찜과 미꾸리국으로 마지막을 장식한 이번 지리산 산자락 기행은 지금까지의 어떤 기행 못지않게 즐거웠다.

'노가바'에서 '돈돌날이'까지

해변의 '노가바'

민요기행을 처음 시작했을 때부터 민요 연구회를 함께 만든 연극 연출가 유해정이 늘 하는 말이 있다. 민요기행을 한다면서 오늘의 민요라 할 수 있는 '노가바'(대중가요의 곡에 가사를 바꾸어 부르는 노래)를 비롯, 노동자 사이에서 불리는 노래들을 빼놓을 수 있느냐는 것이었다. 맞는 말이라고 생각되었지만 좀처럼 현장에서 직접 들을 기회가 없었다. 노동자들과 개인적으로 접하는 일은 적지 않았으나 집단적으로 만나는 경우는 드물었기 때문이다. 그러던 차에 구로 지역의 노동자들을 중심으로 하는 연수회가 7월 말과 8월 초에 양양 오산해수욕장에서 있는데, 한국 문화운동 연구소에서 뒷바라지를 하면서 내게도 꼭 참석해 달라고 요청해 왔다. 이런 자리는 기다리던 자리였으므로 쾌히 응낙했다.

한문연(한국 문화운동 연구소)에서 일러 준 대로 솔밭에서 내려서 보니 바닥이 가는 모래로 돼 있는 솔밭에는 십수 개의 천막이 쳐져 있고, 나무에 맨 줄에는 구호며 노랫말이며 그림 등이 줄지어 매달려 있다. 그 천막 속에 한문연 일꾼은 지난밤 밤새워 논 탓으로 아직도 잠에 곯아 떨어져 있다. 가까스로 깨워 가지고 바닷가로 나갔다. 전체 참가자 20여 공장의 150명 가운데 1차로 왔던 50여 명은 가고 100여 명이 남아 지금 바닷가에서 각 조별로 놀이를 하고 있대서였다.

수련회에 온 젊은이들은 몇 곳에 나누어 모여 어떤 패는 풍물을 배우고, 어떤 패는 탈춤을 배우고, 또 어떤 패는 그림을 배우고 있다. 아예 다 때려치우고 물속에 들어가 장난만 치고 있는 패도 있다. 그 가운데는 아는 젊은이도 여럿 있어 이런 자리에서는 처음 만나는 나를 반갑게 맞이했지만, 나는 함께 물속에 들어가 놀자는 그들의 권유를 가까스로 뿌리치고 얼마 뒤에 동네로 들어와 소주와 회 몇 점으로 늦은 점심을 때웠다.

저녁밥은 조를 나누어 지어 먹는데, 내가 배당된 조는 방림방적의 여성 근로자들이 주축이 된 제1조였다. 바닷가 솔밭에서 카레덮밥을 먹고 잠시 서성거리고 나니 이내 8시가 되었다. 8시부터 함께 모여 노는 놀이가 시작되는 것이다. 놀이에 들어가기 전에 굿거리장단에 맞춰 노래를 부르며 솔밭을 도는 행진을 했다. 이때 부른 노래는 「전진가」라는 창작 민요였다.

앞으로 앞으로 앞으로 앞으로
우리는 형제니까 모두 뭉쳐 나서면
천만의 노동자들 모두가 해방되겠네
온 나라 노동자가 하하하하 웃으면
그 소리 울려가겠네 청와대까지
앞으로 앞으로 청와대 앞으로
그 소리 울려가겠네 백두산까지
앞으로 앞으로 백두산 앞으로

　　몇 바퀴를 도는 사이 몇 개의 '노가바' 또는 창작 노래가 불리고, 모두 자리를 잡고 앉은 다음 내가 먼저 그동안 살아오면서 보고 겪은 미국과 미국 사람들에 대한 얘기를 하고, 이어 조별 장기 자랑에 들어갔다. 장기 자랑은 대중가요에 가사를 바꾸어 부르는 노래나 창작요, 현실을 풍자하거나 노동자의 현실을 표현한 촌극, 수화(手話)로 하는 노래 등이었는데, 아는 노래가 나오면 모두 손뼉을 치면서 함께 불렀다.
　　이 촌극, 노래 등 노동자들의 장기 자랑을 보면서 그들의 재능에도 놀랐지만 이들이 얼마나 건강하고 밝고 순박한지도 확인했다. 이들은 마음을 활짝 열고 받아들이면서 감싸 안고 뻗어 나가는 이 나라 젊은이들이다.

횡성의 정금 마을의 에이허라달호

강원도에서도 가장 오지에 드는 홍천의 살둔으로 가기 위해 진부령을 넘어 홍천으로 향했다. 홍천에 닿으니 4시가 넘었다. 게다가 난감한 것은 매표 창구마다 장사진을 치고 있어, 오늘 중으로 살둔은커녕 이름 있는 곳은 아무 데고 들어가기 어렵다는 것이었다. 어떻게 할까 망설이는데 한 젊은이가 원주까지 택시로 가지 않겠느냐고 물었다. 문득 횡성 회다지소리가 생각나서 횡성을 거쳐 가느냐니까 그렇단다. 그래서 살둔행을 포기하고 엉뚱하게도 횡성으로 길을 꺾게 되었다. 1984년 충주에서 열렸던 전국 민속 경연 대회에서 대통령상을 받은 바 있는 횡성 회다지소리가 전해 내려오는 횡성의 정금 마을은 꼭 한 번 가 보고 싶었던 곳이었다.

정금은 우천면에 속한 마을로 횡성읍에서 동남쪽으로 30여 리나 떨어져 있다. 정금은 평범한 시골 마을이었지만, 시골 마을치곤 큰 편에 속했다. 농기계 수리점에서 수리하는 것을 구경하고 서 있는 노인이 있어 물어보니, 옛날에는 이곳에 장이 섰단다. 한때는 500여 호나 되는 큰 마을이었는데, 점차 사람들이 도시로 나가면서 이제는 160여 호의 가난한 마을로 전락하고 말았다고 했다. 한때는 횡성, 평창, 원주, 홍천으로 다니며 방물장수 노릇도 했다는 노인은 내가 회다지소리 얘기를 들으러 왔다니까 1986년에 세운 민속관에 민속 자료 160여 점이 보관돼 있으니 먼저 그곳엘 가 보고, 또 개울 건너 양회장이 회다지소리에 대해서 잘 아니 찾아가 보라고 권했다. 그래서 민속관을 돌아본 다음 양회장을 찾아 갔으나 막상 양회장은 회다지소리에 대해서 별로 아는 것이 없다 면서 다시 장터의 양중환 씨를 추천했다. 양중환 씨를 찾아갔는데 무더위 속에 찾아온 불청객을 별로 귀찮아하는 기색도 없이 자기 집으로 끌고 들어가 선풍기를 틀고 냉커피를 내왔다.

횡성 회다지소리는 사자(死者)를 묻고 달구질할 때 부르는 소 리다. 다른 고장에서는 달구질소리라고도 하나 이 고장에서는 꼭 회다지소리라고 부른다. 회다지는 청회, 결회, 방회의 순서로 이 어지는데, 두발지기와 세발지기 때가 율동과 소리가 각각 다르다. 회다지소리는 긴 소리와 잦은 소리가 또 각각 다르며 "에이허라 달호"로 시작되는 소리에 답산가, 회심곡, 시중잡가, 초한가, 토끼 타령 등이 이어지는 것이 보통이다.

예부터 이 마을에 전해지는 이 소리는 한 번도 끊어진 일이 없 으며, 변사가 아닌 장례 때는 반드시 부른다. 또 형식도 옛 그대로 전해지고 있지만, 요여*를 모시고 갈 때 잡신을 쫓는 의례는 언제 부터인지 없어졌다.

양중환 씨는 청장년 시절에 여러 해 동안 객지를 떠돌며 살았 다. 돌아와 보니 가난한 집 장사에는 회다지소리를 하지 않고 있 었다. 이래서는 안 되겠다 싶어 그는 억지로라도 사람들을 끌어내 어 아무리 가난한 집 장사 때라도 회다지소리를 하게 했다. 회다

*요여(腰輿) : 장사를 지낸 뒤에 혼백과 신주를 모시고 돌아오는 작은 가마.

지소리의 근본 정신은 이웃끼리 서로 도와 가며 산다는 공동체 의식에 있는 만큼 가난한 집 장사라 해서 안 한다면 뜻이 없기 때문이다. 그 결과 이제 이 마을에서는 장례 때마다 으레 회다지소리가 따르게 되었다. 나는 1984년 마을 사람들 92명이 나와 부르는 회다지소리를 녹음한 일이 있다. 그때도 역시 소리는 양중환 씨가 메겼던 것으로 기억된다.

> 에이허라달호 에이허라달호
> 만승천자 진시황에 에이허라달호
> 육국을 통일 후에 에이허라달호
> 동남동녀 오백 인을 에이허라달호
> 삼신산에 보내여서 에이허라달호
> 불사약을 구하여다 에이허라달호

회다지소리 말고도 정금에는 아직도 많은 민속이 남아 있다. 모내기, 김매기 노래가 남아 있고, 정월 보름이면 널뛰기, 제기차기, 연날리기, 장기두기 등을 계속하고 있다. 이 마을은 옛날에 영동에서 영서로 넘어오는 교통의 요지였다. 그래서 소재지가 아니면서도 장이 섰다. 더욱이 근처의 산전에는 규모가 전국에서도 손꼽히는 은광이 있었다. 팔도에서 온갖 건달들이 모여들었고, 그들은 몸만 온 것이 아니라 문화와 노래까지 가지고 왔다. 지금도 이 마을에서는 강원도 영서 지방의 소리뿐 아니라 전라도, 함경도 소리도 종종 들을 수 있다.

정금에는 농요도 많이 있다고 양중환 씨는 강조했다. 정금에는 옛날부터 '만경 두레'라는 공동 작업 제도가 있었다. 마을의 농군 전부가 모여 자기 논 남의 논 할 것 없이 동네 논을 차례차례 함께 매는 것이 만경 두레이다. 논매기가 끝나면 아낙네들이 마련해 온 음식을 먹고 풍물을 치고 노는데, 일하면서 놀면서 부르다 보니 노래가 많아진 것이다. 이곳 농요는 영동의 농요 오돌떼기와는 달라 영서의 미나리에 속하는 것 같다고 양중환 씨는 설명했다. 내가 더욱 관심을 보이자 양중환 씨는 나를 노인정으로 끌고 가서 노인정에 모여 있는 노인들에게 노래를 하게 했다. 우경진, 엄영태, 윤양수 노인 등이 노래를 했는데 모두들 상당한 수준의 소리꾼들이었다. 남에게 소리를 들려주는 일에도 익숙해서 조금도 어색한 구석이 없었다. 이들에게서 들은 소리는 「저리소(두바리 소) 모는 소리」, 「미나리」, 「상사데이」, 「단월이」 등이었는데, 그 가운데서도 하나가 한 구절을 부르면 다른 사람 여럿이 다음 구절을 부르는 「미나리」가 가장 재미있었다.

        천하지대본은 농사라고
        농사 한철을 지어보세
        뒤뜰 논은 천석지기
        앞뜰 논은 만석지기
        심어 주게 심어 주게

오종종 줄모로 심어 주게
지어가네 지어가네
점심참이 지어가네
점심참이 짓더라도
손을 세워서 심어 주게

영웅이 될라카믄 후손 잘 둬야

문경 가은(加恩)행도 전혀 예정이 없던 길이다. 강원도 쪽 산골
로 들어가자면 몇 시간 좋이 기다려야 할 판이어서 서성거리는데
한 젊은이가 다가와서 승용차로 원주나 충주까지 가지 않겠느냐
고 물었다. 그래서 나는 젊은이에게 만 원을 주고 엉뚱하게 점촌
못 미쳐 문경 가은으로 가게 되었다.

이곳은 의병장 이강년(李康秊)의 출생지이자 후백제 견훤의 근
거지기도 했던 곳이다. 가은은 문경에서 남으로 40리 떨어져 있으
며 천마산이 있고, 이 산에는 성터가 남아 있다. 신라 말엽 견훤이
쌓아 군사를 모으고 훈련을 시켰다는 후백제 창건의 근거지가 되
었던 곳이다. 신라의 경순왕이 이곳을 치려다가 오히려 대패하여
패망의 길에 들어서기 시작했다는 얘기도 전해진다.

가은읍의 소재지인 왕릉리는 1,000여 호가 넘는 제법 큰 마을
이다. 역 앞에 가니 의병장 이강년의 기념탑이 이 고장 출신으로
4·19혁명 때 희생당한 학생의 기념탑과 나란히 서 있다. 이강년

기념탑 앞에 앉아 있던 두 노인네가 사진을 찍는 내게 관심을 보이며 말을 걸기에 내가 목적을 설명했다. 그리고 나는 두 노인을 데리고 가까이에 있는 중국집으로 들어갔다. 말을 많이 하는 황하연 노인은 원래는 함북 북청 태생으로 젊어서 광산을 따라 이 고장으로 들어왔고, 별로 말이 없는 백기옥 노인은 수대째 왕릉리에 사는 토박이로 역시 젊어서는 광산에서 일했다. 이 고장 민요 가운데 아는 것이 있으면 하나 불러 달라니까 백기옥 노인은 사양하다가 황하연 노인이 탕수육 값을 해야 할 게 아니냐고 윽박지르니까 마지못해 얘기 책 읽는 듯이 떠듬거리며 한마디 했다.

머리 좋고 키 큰 처자
올뽕낭게 앉아 우네
올뽕울뽕 내 따주께
밍지도복 날 해주게
언제 봤든 임이라꼬
밍지도복 달라는고

백기옥 노인의 노래가 끝나기도 전에 황하연 노인은 소리란 그렇게 하는 것이 아니라면서 나섰다. 함경도 북청서 어려서 부르던 노래라고 장황하게 주를 달기까지 했는데 그 역시 썩 능숙하지는 않았지만, 그 노래가 중요한 노래란 것은 뒤에 녹음을 다시 들어보면서 비로소 알았다.

128

노인들과 헤어져 노인들이 하라는 대로 택시를 탔다. 운전사에게 이강년 의병장 태어나신 곳을 찾아간다고 말했더니 그도 이내 알아듣고 차를 몬다. 그러나 가면서 얘기를 해 보니 아무래도 노인네들과 말이 달라 행선지를 한 번 더 분명하게 말했더니 그제서야 "이완용이 공부하던 정자까지 가자는 게 아닙니꺼?" 하고 되묻는다. 기사는 차를 세우고 몇 사람에게 물어 가까스로 행선지를 바로잡았다.

이강년의 고향에서 이강년이 이토록 알려져 있지 않다니 참으로 놀라운 일이다. 차는 피서 천막이 온통 냇가를 메운 광산 앞 개울을 지나 비포장도로로 들어서서 잠시 달린 끝에 상괴리 도태에 닿았다. 옛날에는 장이 섰대서 지금도 도태 장터라고 불리는 이 마을이 이강년이 나서 자라고 글을 읽은 곳이다. 그러나 이강년의 탄생지치고는 지나치게 평범한 시골 마을이어서 나는 실망했다.

민원만을 취급한다는 면의 분소를 찾아갔더니 바로 전날 부임해 왔다는 책임자가 보던 일을 미루고 나를 이강년이 태어난 집으로 안내했다. 이강년이 태어나서 살던 집은 이미 옛날에 헐리고 그 자리에 새로 지어졌다는 안채는 낡고 볼품이 없었다. '이강년 임 나신 곳'이라는 검은 돌로 만든 7, 80센티미터 높이의 팻말은 국화며 선인장으로 아랫도리를 가리운 채 꽃밭에 서 있었다. 자기도 비석을 처음 본다는 면 직원도 비석이 너무 초라한 데 놀라는 것 같았다. "의병장 이강년이 나신 곳이라면 성역까지는 몰라도 기념관 정도는 있어야 할 텐데" 하면서 그는 본고장 사람으로 다른 고장 사람인 내게 미안해했다. "그러니까 영웅이 될라카믄 후손이 잘돼야 하는 기라. 어떤 사람은 대통령 후손 둔 덕에 왜놈 쳐들어오니까 줄행랑 놓았다가도 천하 명장 됐다 안 카나!" 무슨 일인가 해서 들여다보던 한 노인이 엇가는 말을 했다.

새삼스럽게 설명할 것도 없겠지만 이강년은 1896년 을미 의병 때 문경에서 봉기하여 안동부 관찰사 김석중과 그 일행을 처단하고 제천으로 가서 유인석의 막하에 들어가 싸우면서 중부 지역 의병 전쟁의 주류를 이루었던 사람이다. 마을을 빠져나오니 학교 앞에서 아이들 서넛이 놀고 있다. 물어보니 하나는 4학년 나머지는 3학년이라 했는데 이곳이 의병장 이강년이 태어난 곳임을 아무도 모른다. 이강년이 누구인지도 모른다.

「돈돌날이」와 「양천 전촌의 전갑섬이」

가은에서 황하연 노인이 부른 노래는 발음이 불분명해서 당장은 알아듣기 어려웠는데, 녹음한 것을 다시 들어 보니 북청의 유명한 민요인 「돈돌날이」와 「양천 전촌의 전갑섬이」였다. 「돈돌날이」를 북청군지 편찬위원회에서 1970년에 펴낸 『북청군지』에 따라 정리해 보면 다음과 같다.

돈돌날이 돈돌날이 돈돌날이오
모래 청산에 돈돌날이오
오막살이 초가집에 모래강산에
니라리 니라리 돈돌날이오

황하연 노인은 '돈돌'의 뜻을 '돈이 도는' 즉 '돈이 생기는'으로 해석하여 이 노래를 '쥐구멍에도 볕 들 날이 있다'와 같은 뜻의 노래라고 설명했지만, 『군지』에서는 '돈돌'을 회전 즉 제자리로 돌아간다는 뜻으로 해석한다. 말하자면 「돈돌날이」는 일제에게 빼앗긴 나라를 되찾아 제자리로 돌아가는 날의 기쁨을 노래한 신민요라는 것이다. 이 노래를 부르다가 왜경에 잡혀가 경을 친 사람이 하나둘이 아니었던 것을 보면 일제 당국도 이런 쪽으로 해석을 했었던 것 같다는 것이다.

황하연 노인의 「양천 전촌의 전갑섬이」는 더 알아듣기 어려웠고 또 앞뒤가 바뀌거나 터무니없이 건너뛰어 뜻이 통하지 않았는데 『군지』를 보니 졸가리(줄거리)가 잡힌다. 너무 재미있는 내용이어서 여기 소개해 본다.

양천 전촌에 전갑섬이
오매 한촌에 말이 났소
나는 싫어요 나는 싫어
갱피방아 찧기가 나는 싫어

(후렴)에에헤야 에헤야 에헤에야

양천 전촌에 전갑섬이
벌안대 이촌에 말이 났소
나는 싫어요 나는 싫어
밥임 이기가 나는 싫어

양천 전촌에 전갑섬이
나하대 조촌에 말이 났소
나는 싫어요 나는 싫어
남대천 부역이 나는 싫어

양천 전촌에 전갑섬이
인후 살섬에 말이 났소
나는 싫어요 나는 싫어
물난리 겪기가 나는 싫어

양천 전촌에 전갑섬이
시집 안 가고 무엇하리
나는 좋아요 나는 좋아
혼자 살기가 나는 좋아

양천 전촌에 전갑섬이
해안 전촌에 말이 났소
나는 좋아 나는 좋아
해안 통소가 나는 좋아.

양천 전촌에 사는 전갑섬이라는 혼기 찬 처녀에게 혼담이 들어온다. 그러나 처녀는 하나같이 마음에 들지 않는다. 가난한 농사꾼에게 시집가서 갱피(강피, 꺼끄러기가 없고 빛깔이 붉은 피) 방아 찧기도 싫고, 농사 많이 짓는 부잣집에 시집가서 밥임(밥을 머리에 이고 다니는 일) 이기도 싫고, 도시 가난뱅이에게 시집가서 남대천 부역 다니기도 싫고, 또 섬 총각에게 시집가서 물난리 겪기도 싫은 것이다. 그래서 그런 데 시집갈 바에는 아예 혼자 사는 편이 낫겠다고 말한다. 그러나 마지막으로 퉁소 부는 총각에게서 혼인 말이 들어오자 처녀는 그쪽을 택한다는 내용이다.

부모가 정해 주는 대로 시집가는 것이 관례이던 옛날에 처녀가 자신의 의사를 표했다는 점이 재미있고 북쪽 여성의 진취적 기상을 엿보게 해 주는 것이기도 하다. 또 돈 많은 신랑을 택하지 않고 퉁소 부는 멋쟁이 신랑을 택한다는 대목은 북청 지방의 안정된 생활과 삶의 이상을 짐작하게 한다. 또 북청은 다 아다시피 이용익으로 대표되는 북청 물장수와 사자놀음으로 유명한 고장이다. 북청사자놀음은 먼저 퉁소와 북으로 반주를 시작하는데 「양천 전촌의 전갑섬이」가 신랑감으로 하필 퉁소 부는 총각을 선택하는 것을 보면서 사자놀음 속의 퉁소 소리를 생각하게 되는 것은 당연한 일이다.

영남 산줄기의 산사와 노래

머슴들을 위한 '밀양 백중놀이'

밀양하면 먼저 떠오르는 것이 「아리랑」과 함께 '밀양 백중놀이'다. 백중놀이는 백중날인 음력 7월 15일을 전후해서 밭농사를 얼마쯤 마무리 지은 농사꾼들이 하는 놀이로 거의 전국적으로 분포되어 있다. 그 가운데서 유독 '밀양 백중놀이'가 널리 알려진 것은 놀이 속에 나오는 춤, 즉 오복춤, 병신춤, 범부춤 등의 춤사위가 뛰어날 뿐 아니라 우리나라 민속무의 독특하고도 전형적인 모습을 지니고 있으며, 놀이가 줄거리를 지니고 있기 때문이 아닌가 한다.

세벌매기도 끝나는 철이 되는 백중에는 머슴에게 새 옷을 해 입히고 넉넉하게 용돈을 주어 놀게 하는 풍습이 전국적으로 있었다. 밀양에서는 이날을 '세사연' 또는 '꼰베기 먹는 날'이라 하여 주인 집에서는 밀가루 적이며 떡과 술을 대접, 머슴을 위하는 날이라 해서 '머슴지 날'이라 부르기도 했다. 머슴들은 술을 마시고 농악을 울리며 노래도 하고 춤도 추면서 하루를 놀았다. 이러한 백중 놀이가 이어지다가 언제부턴가 그 지역에서 가장 농사를 잘 지은 머슴을 뽑아 소에 태우고 동네를 시위하는 풍습이 생겨났고, 갖가지 익살과 넉살로 엮은 춤을 가지고 평소에 설움을 주던 지주와 양반에게 대드는 놀이로 발전했다.

이 옛 놀이를 발굴하고 재현한 것이 '밀양 백중놀이'인데 처음에는 그 이름을 '밀양 병신굿 놀이'라 했다. 놀이의 주된 내용이 머슴들이 병신 흉내를 내는 병신춤을 가지고 양반을 비꼬고 놀리는 풍자 놀이였기 때문이다. 이 놀이의 첫째 마당인 앞 놀음, 둘째 마당인 놀이마당, 셋째 마당인 신풀이의 세 대목으로 나뉘는 이 놀이를 간단하게 살펴보기로 한다.

첫째 마당(앞 놀음)은 먼저 오방신장을 불러일으켜 '잡귀 막이 굿'을 하고, '모정자 놀이', '덧뵈기춤'으로 한바탕 논 다음 농신에 대한 고사 풀이를 한다. 그런 다음 농신제를 지내는데, '모정자 놀이' 때 부르는 노래는 「모정자」(모심기 노래)나 「어사령」이며 북과 장구로 굿거리장단을 친다. 모정자는 다음과 같다.

> 한강수에 모를 부어 모찌기가 난감하네
> 하늘에다 목화 심어 목화 따기 난감하네
> 물길랑 처정청 열어 놓고 주인네 양반 어데 갔노
> 문어야 대전복 손에 들고 첩의 집에 놀러 갔나
> 밀양 삼랑 국로 높은 가락왕의 유람터요

칠보 단장 곱게 하고 왕의 행차 구경 가세

모야모야 노랑모야 언제 커서 영화 볼래

오월 유월 두 달 커서 칠팔 월에 영화 본다

꽃밭 속에 나비 놀고 구름 속에 신선 노네

바람이 살살 불어 도련님 부채가 툭 널졌네

어따야 그 처자 팔자로다 도련님 부채를 집어 주네

석양은 펄펄 재를 넘고 내 갈 길은 천 리로다

말은 가자고 굽이치고 임은 잡고 낙루하네

둘째 마당(놀이마당)은 농사 장원이 작두 말(지게목발로 만든 말)을 타고 '말놀음', '작두 말놀음'을 하며 머슴들끼리 노는 데 양반이 끼어들어 '양반춤'으로 거드름을 피운다. 그러면 머슴들과 부엌일 하는 정지꾼들이 나타나 갖가지 병신춤으로 양반을 놀려 대고 이윽고 양반이 물러나면 머슴과 일꾼들끼리 신 나게 춤을 추는데, 양반이 흥을 못 이겨 양반 행색을 벗어 던지고 '범부춤'으로 머슴들의 병신춤에 끼어든다. 병신춤에는 난쟁이춤, 중풍쟁이춤, 배불뚝이춤, 꼬부랑 할미춤, 떨떨이춤, 문둥이춤, 꼽추춤, 히줄래기춤, 봉사춤, 절름발이춤 등이 있다.

셋째 마당(신풀이)은 북재비 다섯 명이 나와서 오고를 치며 오복춤을 춘다. 오행과 오기가 순조롭기를 빌고 오체가 성하고 오곡이 풍성하여 오복을 누릴 수 있기를 비는 뜻이 담긴 밀양에만 전승되는 춤이다. 오복춤이 끝나면 모든 놀이꾼과 구경꾼들이 함께 어울려 춤을 추면서 놀이를 끝낸다. 여기에는 모든 사람들의 대화합과 대동단결의 뜻이 들어 있다.

지금 밀양군 내이면 아북산 중턱에는 '밀양 백중놀이 전수관'이 세워져 있고 정회원 연희자는 남자 32명, 여자 11명으로 43명이며, 기능 전수자가 5명이다. 그중 북춤, 양반춤, 범부춤의 기능 보유자 하보경 노인과 상쇠 김차업 노인은 인간문화재로 지정돼 있다.

이번에 밀양으로 길을 떠나면서 마침 백중날이 지난 지도 며칠 안 됐으니 혹 백중놀이를 구경할 수 있지 않을까 하는 기대를 가

졌다. 적어도 기능 보유자 몇몇을 만나 이 놀이에 얽힌 얘기를 듣는 일은 어렵지 않으리라 생각했다. 그러나 이번에도 백중놀이는 구경하지 못한 채 얘기를 듣는 데 그쳤다.

소나무와 절 마을

'가지산 도립 공원'으로 지정돼 있는 청도, 밀양, 울주, 양산 일대를 흔히 사람들은 영남 알프스라고 부른다. 내가 이번 길을 밀양으로 잡고 이것저것 준비하기 시작하자, 친구들은 기왕이면 이 영남 알프스 일대를 다녀 보는 것이 어떻겠느냐고 권했다. 이 산속에는 사람의 발걸음이 거의 미치지 않은 마을도 적지 않고, 이런 마을에는 옛 삶의 모습이 어느 정도 남아 있다는 것이었다.

먼저 운문사로 길을 잡아 대구로 향했다. 대구에서 운문사로 가는 첫 버스를 타고 가면서 산자락의 아름다운 소나무밭에 놀라곤 했는데, 버스에서 내려서 보니 운문사는 입구가 온통 울창한 솔숲이다. 절에 이른 우리는 먼저 그 규모에 놀랐다. 더구나 유생의 횡포로 제대로 남아 있는 절이 흔하지 않은 중부 지방에서 생장한 내게 이렇게 규모가 크고 깨끗하고 아름다운 절은 감동적이기까지 하다.

아직 아침 강의가 끝나지 않아 절 구경도 하고 절 뒤의 냇가에 가서 세수도 하고 언덕에도 올라간다. 강의가 끝난 후 아는 비구

니를 찾았더니 그 비구니는 사리암까지 올라가면 아름다운 운문
사 경관을 제대로 볼 수 있다면서 사리암으로 갈 것을 권했다.

　맑은 물이 알맞게 차 흐르는 계곡을 따라 올라가는 길은 잘 닦
여 있고 나무와 바위가 조화를 이룬 산은 반쯤 구름에 싸여 있다.
사리암은 가파른 바위너설에 위태롭게 붙은 3층 신식 건물이었
다. 발 아래로 까만 골짜기를 내려다보며 땀을 식히기도 전에 큰
절에서 연락을 받았던지 늙은 보살이 어서 점심 공양을 하라고 재
촉을 했다. 시래기를 푹 삶은 된장국과 밥을 먹고 대웅전 부처 앞
에 불공도 드리고, 3층 마루에 앉아 바라보니 구름이 걷혔다 덮였
다 하는 건너편 산자락이 이 세상의 풍경 같지가 않았다.

　잠시 앉아 쉰 뒤에 운문사가 있는 마을로 되짚어 내려왔다. 이
마을은 신원리로 사기점, 통지미, 황정리, 삼계리, 큰말 등 자연 부
락으로 이루어져 있으며, 절이 있는 마을이 바로 사기점이다. 사
기점이란 이름은 절에서 쓰는 사기를 구웠대서 붙여진 것이라니
절의 크기를 알 만하다. 마찬가지로 통지미도 절에서 쓰는 통을
만들던 동네라는 뜻이란다.

　절 앞 길가에 복숭아밭이 있고, 들마루 위에 포장을 쳐서 만든
원두막 안에 노인이 누워 쉬고 있다. 이 동네에서 5대째 살고 있는
이상우 노인은 제주를 네 해째 맡아 하고 있다. 모든 면에서 한 동
네로 지내는 아랫동네인 황정리와는 동제만 따로 지내는데, 동네
땅 3마지기를 반씩 나누어 농사지어 거기서 나오는 것으로 제물

을 장만하며, 따로 추렴은 하지 않는다. 제사는 다른 고장이나 마찬가지로 정월 열나흘날 밤에 제주 혼자서 '쑤'(당나무)에다 지내며, 보름날 아침에 동네 사람을 불러 음복을 한다.

이 동네에는 풍물도 있다. 역시 황정리와 함께 가지고 있는데, 날라리를 빼고는 다 갖추고 있다고 한다. 한때는 이 동네 농악이 청도 전 군내에서 유명했다. 김윤식이라는 뛰어난 달재비(상쇠)가 있었기 때문이다. 군 대회에 나가서 상도 여러 번 탔다. 그는 풍물에만 뛰어난 것이 아니라 소리도 잘해서 인근에서 김달재비 하면 모르는 사람이 없었다. 그가 죽으면서 이 동네 풍물은 자연 시들해졌다. 김 노인이 죽은 뒤에도 풍물을 하기는 한다. 정초에는 지신을 밟으며 추석, 설 등 명절에도 풍물을 치는데 치는 사람이 도회지로 살러 나가는 등 자꾸 없어져서 큰일이란다. 지신을 밟을 때는 지신밟기 노래를 한다는데, 이상우 노인은 그것을 제대로 노래로 하지는 못하고 우물쭈물 앞뒤 구절을 뜯어 맞추었다.

> 지신지신아 눌리세
> 어리화산아 지신아
> 정지구석 네 구석
> 어리화산아 지신아
> 방구석 네 구석
> 어리화산아 지신아
> 집구석도 네 구석

어리화산아 지신아
지신지신아 눌리세
어리화산아 지신아
이 집을 지을 때에
어리화산아 지신아
어디 낭굴 비었나
어리화산아 지신아
가지산 낭굴 비었나
어리화산아 지신아
운문산 낭굴 비었나
어리화산아 지신아

이상우 노인은 다른 집은 자식들을 밖으로만 내보내고 있는 판에 거꾸로 아들을 집에 잡아 놓고 있다. 자기네 집이 아니고는 마을을 이어갈 사람이 없다는 생각이 들기 때문이다. 그러나 이 동네에 민요는 남아 있지 않다. "청도 밀양 진삼까리 운문 삼칸 소가 되다/영천당 웹씨 광제리 너무 참해 몬이삼고/운문산 관솔가지 너무 밝어 몬이삼고/잠은 올락 하고 시집살이 살라하니/뚜껍뚜껍 은뚜껍아 어는 정에 잠이 오노" 하는 「삼삼기 노래」가 이 지방에 있었던 것으로 문헌에는 나오고 있지만, 그는 이 동네에서 삼농사가 없어진 지 오래라고 했다.

삼한 시대의 부족 국가 이서고국

운문사에서 밀양으로 가자면 동곡까지 갔던 길을 되짚어 나와 청도로 버스를 바꾸어 타고 가서 거기서 가게 돼 있다. 창밖으로 보이는 산수와 조화를 이루면서 박혀 있는 기와에 이끼가 끼었을 법한 낡은 집들은 흔히 삼한 시대의 부족 국가 이서고국(伊西古國)의 옛 땅이라고 전해지는 이 고장이 얼마나 역사가 깊은 고장인가를 새삼스럽게 일깨워 주었다.

밀양이 역사가 오래된 고장임은 새삼스럽게 설명할 필요도 없다. 역사가 오래된 만큼 얘기도 많고 노래도 많고 유적도 많고 놀이도 많다. 그 가운데서도 대표적인 것들이 성설을 시키려다가 관

노에게 죽임을 당한 아랑이 새로 도임해 오는 첫날 부사 앞에 나타나 여러 부사를 죽게 하다가 마침내 원수를 갚게 된다는 아랑의 전설, 고려 때 김주라는 이가 영남사라는 절터에 지었던 것을 여러 번 신·개축하다가 조선조 인조 때 부사 심흥이 불타 버린 것을 다시 지었다는 보물 147호로 지정돼 있는 영남루, 아리랑 가운데서도 가장 경쾌하다고 일컬어지는 밀양 아리랑, 앞에 소개한 백중 놀이 및 끼줄의 일종인 무안 용호 놀이 등이다.

"날 좀 보소 날 좀 보소 날 좀 보소/동지섣날 꽃 본 듯이 날 좀 보소"로 시작되는 밀양 아리랑은 전국적으로 유명한 노래니 다른 데서는 듣기 어려웠던 「바느질 노래」와 「과부 타령」 두 점만을 소개해 본다.

꼼박꼼박 침자질 젊으신네 노리개
오롱오롱 물레질 늙으신네 노리개
꼼박꼼박 곰뱃대 젊으신네 노리개
이라자라 홍청질 큼머슴네 노리개
큼머슴들 노리게 젊으신네 노리개 (손필희, 「바느질 노래」)

갑오년 숭년에 보리갱죽도 한 그릇 몬다 자시고 북망산천 가
신 낭군
금년 겉은 대풍년에 살밥 한 그릇 몬다 자시고 어디로 가셨나요
지나는 밤바람에 문을 흔들어서 눈물에 얽힌 잠이 깨고 말았소
삼 년을 지나올 때 남몰래 흘린 눈물 자욱은 벗어 논 소복마다

아롱이졌소
문 밖의 발소리가 들린 듯하오 바람 치는 소래에도 오시는 듯
하오
이 몸을 혼자 두고 홀로서 가신 무정한 임아
이 밤도 깊었는데 꿈도 잠도 안 줍니까 (박대중, 「과부 타령」)

영남루와 아랑각이 건너다보이는 강가 2층 술집에서 잉어회,
문어 튀김으로 소주와 저녁을 먹고 표충사로 들어갔다. 다음 날
임진왜란 때의 승병장들, 특히 사명 대사와 관계가 깊다는 표충사
부터 찾아갔다. 깨끗한 새벽 절 경내를 우리끼리 돌아다니며 보물
467호로 지정돼 있는 3층 석탑도 구경하고 그 옆에 있는 석등도
구경하고 대웅전도 들어가 본다.
　아침 식사 후 일행은 민박집에 딸린 봉고차를 세내어 타고 재약
산 북쪽 중턱에 있다는 남명리 얼음골을 향해 떠났다. 여기까지
와서 '밀양의 신비'라는 얼음골을 보지 않고 간대서야 말이 되겠느
냐는 얘기들이었다. 군데군데 소나무들이 울창한 산을 지나고 새
파란 감이 주렁주렁 달린 감나무로 뒤덮인 마을을 지나 한참 만에
큰길에서 얼음골 가는 샛길로 접어드니 때 맞추어 포장 공사 중이
다. 그래서 되돌아 나와 옛길로 어렵사리 얼음골 입구에 도착했으
나 떠날 때부터 차창을 때리던 빗줄기가 어느새 장대비로 바뀌어
있었다. 일단 입장권을 사 들고 얼음골로 들어서기는 했으나 비는

좀체 멈출 것 같지 않았고 비닐우산 파는 가게도 없었다. 비를 함빡 맞으며 2, 300미터 올라가다가 카메라와 녹음기 등 장비가 비에 견뎌 낼 수 없을 것이 걱정되어 내려왔다.

통도사 부근의 노래

대관령 아흔아홉 구비보다 더 많은 백 몇 구비라는 석남재를 넘으니 바로 가지산을 뒤로 업은 석남사다. 토요일이라서 관광객이 모여들고 있었는데, 비구니 절이라서인지 처녀 관광객들이 유난히 많다. 매표소에 앉아 있던 비구니는 일행인 채현국 씨와 낯이 익은지라 반갑게 인사했으나, 정작 채현국 씨가 찾는 학교 동창이라는 비구니는 며칠 전에 떠나고 없단다. 일단 절로 들어가 가랑비로 바뀐 비를 맞으면서 규모는 크지 않지만 여승당답게 깨끗한 절도 구경하고, 밀양 쪽과는 영판 다르게 물이 가득 흐르는 계곡과 네모가 반듯반듯 모가 난 돌도 구경한다. 그러고는 언양까지 내려가 늦은 점심을 먹었다.

어차피 이번 여행은 절 기행이 되고 말았으니 이왕이면 이 길로 일관하자고, 점심을 먹고 나서는 채현국 씨가 주선한 차로 통도사로 향했다. 다시 설명할 것도 없이 통도사는 31본산의 하나이며 우리나라에서 가장 큰 절에 든다. 신라 선덕 여왕 때 자장 법사가 세웠다는 이 절은 절 안에 부처님 뼈와 가사를 모시고 있다고 해

서 더욱 유명하다. 계곡을 따라 올라가 있는 극락암이라는 암자도 가 본다.

이러고 나니 어느새 어둑어둑 날이 어두워졌으므로 축서암으로 향했다. 축서암은 통도사 뒤로 난 길을 따라 꼬불꼬불 산으로 10여 리 올라간 축서산(일명 대우산) 바로 아래에 있었는데, 절 뒤를 잘생긴 소나무들이 에워싼 비교적 절 냄새가 덜 나는 암자였다.

요사채 한옆으로 못 보던 큰 틀이 서 있어 빨래 너는 틀인가 해서 물어보니 메주를 쑤어 말리는 틀이란다. 불사만으로는 절 살림을 꾸려 나갈 수가 없어 간장 빼지 않은 메주를 만들어 파는데, 그것이 이제 명물이 되었단다.

이튿날 아침 찾아간 평사 마을은 통도사로 내려오는 길가에 있다. 지산리와 행정상으로 한 마을을 이루는데 아래위 동리 합쳐 50여 호 남짓한 작은 마을이다. 신향순 씨가 일러 준 대로 박호재라는 분을 물어, 어머니인 김말수 할머니를 찾아보기로 했다. 과연 몇 사람 거치지 않고 쉽게 할머니를 찾을 수 있었는데, 신향순 씨의 표현대로 건강하고 잘생기고 시원시원한 할머니였다. 할머니는 "아는 것도 없는데 멀 자꾸만 하락카노" 했지만, "먼 데서 날 찾아왔다믄 하긴 해야겠제" 하면서 「물레질 노래」, 「밭매기 노래」, 「베틀노래」 등을 불러 주었다. 「베틀노래」는 여러 해 전에 사천에서 듣던 것과는 아주 달랐지만, 「물레질 노래」는 청도 쪽 노래와 아주 비슷한 듯했다.

> 오르랑오르랑 물레질은 늙으신네 노리개라
> 빠꼼빠꼼 담배질은 늙은 과부 노리개라
> 오죽석대 진설대는 늙은 호래비 노리개라
> 내 신세가 어이 이리 늙었는공 호호백발 당도하니
> 새끼 백발 쓸 데 있어도 사람 백발 쓸데없다.

물레는 흔히 잠 없는 늙은이가 꾸벅꾸벅 졸면서 밤늦게까지 혼자서 돌리는 것이 보통이다. 과부의 신세 한탄, 늙은 설움 타령이 나오는 것은 어느 곳이나 대개 비슷하다. 「노리개 타령」은 앞에 든 밀양의 「바느질 노래」와도 통한다. 머리 색의 백발에서 새끼의 '백 발'을 연상해 내는 것도 재미있다.

마을에서 나와서 울주군 상묵면 등억리로 길을 잡았다. 우리나라에 단 하나 있다는 자수정 광산을 구경하기 위해서였다. 자수정은 우리나라에서 가장 오래된 보석이다. 등억리에 자리 잡고 있는 자수정 광산인 제1광업은 큰 규모의 광산이었지만 대개 채굴 작업을 기계로 하기 때문에 실제로 광부는 80여 명밖에 되지 않는다. 이 자수정 광산이 얼마나 오래된 것인가를 아는 사람은 아무도 없다. 그러나 7, 80된 동네 노인들한테 물어보면 어렸을 때 자수정 캐는 것을 보았다는 것으로 보아 옛날부터 있었다는 점만은 분명하다는 것이 고용균 사장의 말이었다. 어렸을 때 몇백 년 전부터 있었던 광산이라고 말하는 노인들도 허다하다는 것이다.

정전 중이라서 전지를 켜 들고 굴 안으로 겨우 100여 미터밖에 들어가 보지 못했다. 전지로 밝혀 보니 동굴 벽에는 갖가지 무늬의 자연화가 그려져 있다. 금광이나 탄광밖에 들어가 보지 못한 내게 자수정 광구는 실로 별천지다. 천 몇백 미터 이상 된다는 굴을 제대로 구경 못 하는 것이 여간 아쉬운 게 아니었다.

해서(海西)의 정서와 꿈

서해 바다의 정서

백령도와 대청도로 가려던 것을 시간이 맞지 않아 덕적도로 바꾸었는데 막상 연안 부두에 도착해 보니 이미 배가 떠나고 없고, 정기선은 하루에 한 번뿐이어서 꼭 들어가자면 일정을 하루 미뤄야 한다. 이래서 찜찜한 대로 배 시간이 맞는 영흥도로 다시 고쳐 잡았지만, 배에 오르니 기분이 상쾌해졌다. 정원 243명의 14톤짜리 '관광8호'라는 멋대가리 없는 배에서부터 서해만이 가지고 있는 끈적끈적하고 칙칙한 비린내와 땀내가 뒤섞인 정서가 느껴졌기 때문이다. 깨끗하고 맑은 동해보다 보기에는 구질구질하고 너절하지만 사람 사는 냄새가 더 짙은 서해가 나는 더 마음에 든다.

갑판에 서서 멀어지는 육지와 뱃길을 둘러싸고 있는 섬들을 구경하고 섰다가 정원 10명의 2층 선실로 들어오니 한옆에 늙은이들 셋이 잡담을 하며 앉아 있다. 배낭을 한구석에 벗어 놓고 나도

슬그머니 끼어 앉는다. 얘기를 듣고 보니 둘은 선재도까지 가는 사람들로 거기 사는 사람들이다. 이들은 영흥도와 선재도에 대해서 자랑을 아끼지 않았다. 첫째 자랑은 이 섬들이 서해에서 둘째 가라면 서러워할 부자 섬이라는 것이었는데 특히 선재도에는 바지락과 조개가 많아 아이들이 숟가락질 배우면서 바지락 까는 법도 배운다는 고장이다.

배는 대부도를 비켜 돌다가 선재도에 와서 섰다. 많은 사람들이 내리고 탔지만 나루 풍경은 너무 썰렁하다. 배가 이곳으로 되돌아오지 않고 영흥도에 들렀다가 그냥 인천으로 나가는 까닭에 나갈 사람들은 미리 여기서 탄다. 내가 여기서 내릴까 어쩔까 망설이는 사이 배는 사람과 짐을 부리자마자 머리를 돌렸다.

섬 속의 교통수단들

선재도에서 영흥 본도는 지척이어서 머리를 돌린 배는 아름답고 작은 무인도를 끼고 돌더니 금세 발동을 끄고 멎는다. 영흥도의 면 소재지가 있는 진두라는 갯마을이다. 배에서 내려 보니 물이 쓸려 나간 갯바닥에서는 아이들이 조개를 줍고 있고 뱃사람들이 방파제에 앉아 소주를 마시고 있었다. 또 한옆에서는 뭍에 끌어올려 놓은 배쌈*에 산소 땜질을 하고 있었다. 쉴 새 없이 고깃배가 통통

*배쌈 : 뱃전의 언저리를 고무 타이어 같은 것으로 둘러싼 것.

거리며 들락거리고, 맨손에 게를 두어 마리 든 중년이 오토바이에 올라 시동을 걸었다. 마침 한 달에 한 번 온다는 병원선이 선착장에 정박해 있고, 아낙네와 아이들이 배를 둘러싸고 있었다.

길을 따라 뻗어 있는 동네를 돌아다녀 보아도 대개 지붕들이 낮고, 새로 지은 몇 집들을 제하면 번듯한 집이 별로 눈에 띄지 않는다. 동네 끝에 붙은 면사무소를 찾아갔다. 그러나 부임한 지 3개월밖에 안 됐다는 최승훈 면장은 섬의 내력에 대해서 아는 것이 별로 없다고 미안해하면서 젊은 직원을 불러 몇 가지 자료를 찾아보도록 부탁했지만, 그가 애써 찾아온 자료는 내게 큰 도움이 되지는 않았다.

마침내 젊은 직원은 오랫동안 소학교 교장으로 있다가 퇴직해서 버드니에 살고 있다는 임승일이라는 분을 추천했고, 면장은 다른 젊은 직원에게 버드니까지 나를 태워다 주라고 부탁했다. 섬 안에 교통수단이라고는 오토바이밖에 없으니 도리가 없다는 것이었다. 섬 안을 도는 마이크로버스가 한 대 있기는 하나 그것은 학생들 등하교 때 한 번씩 하루에 두 번만 운행한다.

나는 걸어가겠다고 사양했지만 면장은 막무가내였다. 그래서 젊은 면직원 김윤기 씨의 오토바이 뒤에 타고 섬 안 길을 달려가게 되었다. 길이 험해 오토바이 뒤꽁무니에 매달려 가는 기분은 좋지 않았다. 그래도 볼 것은 보아야겠고 알 것은 알아야겠기에 두리번거리고 연신 묻고 한다. 김윤기 씨는 싫은 내색 않고 일일이 대꾸하고 자기도 모르는 것은 지나가는 사람에게 물어서 알려주고는 한다.

섬 안을 걸어 보고 싶어 기다리겠다는 김윤기 씨를 돌려보내고 임승일 씨를 찾았지만 집에 없고 하루 이틀 지나야 돌아온다고 한다. 터덜터덜 걸어 돌아오면서 보니 유난히 오토바이가 많고 뒷자리에는 으레 한 사람씩을 달았다. 버드니에는 방위병 부대도 보였는데 모두 오토바이를 타고 퇴근한다.

더러는 가게에 물건을 돌리는 반트럭에 사람이 타고서 잡을 수 있도록 짐칸에 밧줄을 매어 차마다 빼곡하게 아이들과 노인들을 실었다. 자전거도 많이 다녔지만 대개 중학교나 초등학교 학생들이 애용하는 것 같았다. 경운기도 육지의 배는 되지 않는가 싶었는데 경운기에도 으레 몇 사람씩이 타고 있었다.

한 동네가 몽땅 피난 내려와서 똑같은 이름으로 동네를 이루어 살고 있는 가막개라는 동네가 있다는 말을 들은 터라, 오토바이를 타고 가는 방위병에게 길을 물었더니 거기까지 가는 길이니 타라고 하는 걸 가까스로 사양하고 진두까지 걸어 나오니 다 저녁 때다. 식당에 들어가 자장면으로 점심 겸 저녁을 때우고 바다가 내다보이는 다방을 찾아 들어가 앉는다.

다방 종업원은 이 섬에 처음 사람이 살기 시작한 것은 고려조 공민왕의 후손들이 숨어 들어오면서부터라는 전설을 들려주었다. 또 그녀는 백령도에 들어가려다가 못 들어가고 이리로 온 것을 알고는 백령도에 관한 재미있는 얘기를 많이 해 주었는데, 특히 장산곶이 마주 바라보이는 두무진의 아름다운 풍경에 관한 설명은 적이 나를 감동시켰다.

인천까지 120리, 평양까지 90리인 이 섬은 군사 분계선 바로 남쪽이어서 삼엄한 분위기에도 불구하고 남북 어느 한쪽에 속했다기보다 정서적으로 그냥 우리나라라는 느낌이 더 짙더라는 말도 충격을 주었다. 가령 거기 사는 노인 가운데는 젊어서 평양 구경은 했지만 아직 서울 구경은 하지 못했다는 노인도 여럿 있더라는 것이다. 그러면서 그녀는 백령도는 꼭 가 보라고 거듭 권했다.

고향을 그리는 사람들

여인숙을 찾아가 쉬려는데 모기들이 앵앵거리며 달려들고 밖에는 오토바이와 경운기에 바다에서는 준설선*까지 밤잠을 안 자고 설쳐 댄다. 견디다 못해서 밖으로 나와 자장면을 사 먹었던 서울식당을 찾아갔다. 주인이 한구석에서 소주를 마시고 있는 늙은이들을 가리키며 저 양반들이 바로 용담 사는 월남 피난민이라 일렀다. 내가 그들을 찾는 것을 기억하고 있었던 것이다. 그들이 이미 취했기 때문에 나는 쉽게 자리에 끼어들 수 있었다. 대체로 섬사람들은 외지 사람들을 쉽게 받아들이지 않는 편이지만 피난민이라

* 준설선 : 바다나 하천에서 물속의 모래나 자갈을 파내는 배.

서 그런지 이들은 달랐다. 용담이라는 동네에 살고 있는 김영식 씨와 김상국 씨는 피난 오기 전에도 한 동네에서 살았다.

강령 반도의 최남단에서 가까운 옹진군 여미가 그들의 고향이다. 등산곶을 아느냐고 물어 내가 모른다 대답하자 그들은 적이 실망했는데, 그들이 자랑하는 등산곶이 바로 여미에 있다고 했다. 그들은 지금 살고 있는 용담 얘기는 한마디도 없이 계속 강령이며 등산곶이며 아미산 등 고향 얘기만 했다. 남한 일대 경치 좋다는 곳 다 다녀 보았지만 고향에 대면 택도 없더라는 결론이었다. 강령 탈춤 얘기도 나왔는데 그들은 이 탈춤이 삼한 시대부터 전해 내려온 것이라고 주장했지만, 실제로 고향에서 놀이하는 것을 본 일은 없다고 했다. 그러면서도 강령 탈춤이 해주 탈춤이나 봉산 탈춤보다 윗길이라고 우겨 댔다.

이날 밤에는 당초 노렸던 민요는 끝내 듣지 못한 채 다음 날 용담으로 찾아가기로 하고 경운기를 타고 그들과 헤어졌다. 다음 날 새벽 날이 새기도 전에 배낭을 메고 밖으로 나왔지만 갯마을은 아직 잠에서 덜 깬 듯 사람 하나 없고, 바다는 시커멓기만 했다. 갈 곳이 없어 방파제에 한참을 우두커니 앉아 있으려니까 바다로부터 서서히 밝아 오기 시작했다. 마을도 잠에서 깨어나면서 부산해지기 시작한다. 이내 선착장은 사람들로 북적댔다. 서두르며 고깃배가 나가고, 또 몇은 아직 잠에서 덜 깬 눈을 하고 갯바닥에 놓인 배로 달라붙는다.

한참을 기다렸다가 아침밥을 사 먹고, 일부러 마을을 어정거리며 늑장을 부리다가 더 기다리기가 지루해서 진두에서 가까운 가막개로 갔다. 역시 강령 반도의 옹진군 봉구면 북포리의 가막개 사람들이 집단으로 피난을 내려와서 새로 부락을 형성, 동네 이름도 아예 옛날 살던 곳을 그대로 따서 가막개라고 붙였다는 것이다. 그러나 막상 마을에 가 보니 다른 마을과 다르지 않다. 옹진 말이 표준말과 크게 다르지 않아서 그런지 몇 사람 잡고 말을 붙여 보았지만 사투리를 들을 수도 없다. 그래도 구멍가게에서 해장

하고 있는 한 할머니에게서는 해서의 정서가 풍겼다. 장연, 옹진은 신문물이 서울보다도 빨리 들어온 곳이라고 했다. 교회도 먼저 섰으며, 경치가 좋은 곳이어서 서양 사람 별장도 아주 일찍 섰다. 이 섬에 교회가 많은 것도 실은 피난 온 사람들이 교회에 많이 다녔기 때문이라는 것이다. 이 동네에서 옛 노래 특히 해서 지방 민요를 부를 줄 아는 사람은 없을 것이라고 그녀는 말했다. 물론 자신도 노래라고는 학교 때 배운 창가나 찬송가밖에 모른단다.

길을 잘못 들어 거의 두 시간 반이나 걸어서 용담에 닿았다. 김영식 씨와 김상국 씨는 나와 한 약속을 잊지 않고 기다리고 있다가 몇몇 마을 노인들에게 나를 데려다 주었는데 그들로부터 들은 얘기도 전날 밤 들은 것과 비슷했다. 그래도 여럿이 한마디씩 주워 대어 짜깁기로 들려주는 쓸쓸하고 구슬픈 가락의 「감내기」라는 노래는 서울에서 멀지 않으면서도 역시 북녘인 황해도의 정서가 담겨 인상 깊었다.

울담정 밖에 꼴비는 도령아
외 넘어간다 외 받아 먹어라
받으라는 외는 제 아니 받고
물 같은 손목을 휘갈마 쥔다
해는 지고 저문 날에
나의 갈 길이 천 리 같다
어서 가자 빨리 가자

우리 부모님 날 기다린다

머음 살러 머음 살러 오려무나

나 시집간 데로 머음 살러 오려무나

보신 신발 내 당해 줄께

나 시집간 데로 머음 살러 오려무나

「감내기」란 말은 '돌본다'는 뜻의 사투리다. 어쩌면 세마치 장단
의 이 노래는 처음에는 말을 돌보면서 불렀던 노래인지도 모르겠
다. 그러나 뒤에는 모심으면서도 부르고 김매면서도 부르고 뱃일
하면서도 부르는 일 노래가 되었다는 것이 모두의 의견이었다.

소 장수 신정섭 씨

걸어서 진두로 되돌아오니 이미 선재로 건너다니는 막배도 끊
어진 지 오래다. 할 수 없이 지난 밤에 잔 여인숙을 찾아가 또 하룻
밤을 보내고 아침을 먹고 차를 마시고 다방 처녀한테 섬 얘기를
더 듣고 하니 10시가 된다. 선재 건너가는 배가 왔다는 소리에 배
낭을 메고 달려 나오니 마주 올라오던 선장이 금방 떠날 테니 배
에 올라가 기다리라고 말한다. 싣고 갈 소가 있다는 것이다.

이윽고 선장이 둘암소(새끼 못 낳는 암소)를 한 마리 몰고 왔다.
둘암소는 배에 안 오르려고 앞발로 뱃전을 밀며 버티고 선장은 엉
덩이를 손바닥으로 치며 배 안으로 몰아넣었다. 이어 소 주인으로

보이는 사람이 송아지 네 마리를 몰고 왔다. 송아지들은 음매음매 울면서 배에 안 오르려고 버둥대고 선장과 소 주인은 오늘따라 소들이 더 말을 안 듣는다면서 철썩철썩 엉덩이를 때리곤 했다. 그러면서 나에게 보고만 있지 말고 소를 몰아 달라고 해서 배낭을 메고 카메라를 든 채 이리저리 뛰어다녔다.

소들은 잠시 겁을 먹고 가만히 있다가는 다시 이리저리 돌아다닌다. 배 밖으로 다리를 내밀어 보기도 한다. 자기 손이 안 닿는 데 있는 소가 그러면 뱃머리에 서 있는 소 주인은 내게 그 소 좀 잡아 달라고 소리를 지른다. 나는 조수가 되어 소를 돌보게 되었다.

선재도까지는 10분밖에 안 걸리는 거리여서 배는 금세 나루에 닿았다. 모른 체하고 나만 내릴 수 없어서 소를 내몰려 하니 선장이 그냥 내리라고 말한다. 이 배는 손님 둘만 내려 주고 더 간다는 것이다. 어디까지 가느냐니까 대부도까지 간단다. 나도 행선지가 대부도라니까 소 주인이 반가워하며 함께 가잔다. 소도 봐 주며 함께 가면 점심 값 정도는 주겠다는 것이다. 이래서 나는 졸지에 소몰이가 되었다.

소몰이를 구한 소 주인은 마음이 놓인다는 표정이었다. 대부도 토박이인 신정섭 씨는 농사를 지으면서 농한기에는 소 장수를 한다. 이 소들은 모두 버드니와 신노루에서 구한 소들이었다.

나루에 닿자 이번에는 소들이 내리지 않으려고 발버둥 쳤다. 내가 대롱대롱 매달리다시피 하면서 송아지 두 마리를 끌고 나오자

신정섭 씨는 아주 언덕까지 끌고 가 있으라고 지시했다. 코뚜레를 하지 않은 송아지들이 어떻게나 힘이 센지 언덕까지 끌고 가는 데 무척 애를 먹었다. 좀 뒤에 둘암소 한 마리와 송아지 두 마리를 끌고 온 신정섭 씨는 그 위의 풀밭까지 다시 끌고 올라가라고 시키면서, 거기다 소들을 매어 놓고 술을 한 잔씩 하자고 했다. 힘이 들어 못 견디겠다는 것이었다. 나는 또 그와 헤어질 기회를 놓치고, 소들을 풀밭에 매어 놓은 다음 어정어정 그를 따라 동네로 들어섰다.

방아머리까지 가면 집에 전화해서 사람을 부르겠다던 신정섭 씨는 점심을 먹고 나더니 나더러 아예 상동까지 천천히 걸어가자고 했다. 사람을 불러 공연한 품삯을 주느니, 집에 가면 좋은 가양주가 있으니 이왕 애쓴 것 우리끼리 마저 해치우자는 것이었다. 그를 따라 걸으면서 소 장수 얘기도 더 듣고 노래도 들어 보자는 욕심이 생겨 그의 말을 따르기로 했다.

그가 소를 부리는 말은 꼭 세 마디, '이려', '어뎌', '와와'였다. '이려'는 이리 오라는 뜻이고, '어뎌'는 그리 가지 말라는 말이고, '와와'는 서라는 말이었다. 이 가운데서 그는 '어뎌'를 가장 많이 썼는데, 능숙한 소 장수일수록 말을 많이 쓰지 않는다고 그는 설명했다.

신정섭 씨네 집은 동네를 다 지나가 그 한끝에 자리 잡고 있었다. 구옥이었지만 네모반듯하고 단정한 기와집이었다. 집 앞 임시 외양간에는 이미 소 몇 마리가 매여 있었고, 대문은 열려 있었지만 그의 아내는 집 앞 밭에서 일을 하고 있다고 했다.

신정섭 씨와 헤어져 인천으로 가는 막배를 탈 생각으로 방아머리까지 나가는 택시를 알아보니 인천까지 가는 합승이 있었다. 택시 안에는 이미 네 사람이 있었고 내가 오르자마자 속력을 높여 달린다. 제방으로 인천까지 가는 차도가 생긴 것이다. 이제 대부도는 섬이 아니었다. 이 사실에 택시에 동승한 40대들은 신 나 했는데, 말이 오고 가다가 내 여행 목적을 알게 된 피난민 2세라는 사람은 그까짓 노래 듣기가 뭐 어려우냐면서 큰 소리로 「몽금포 타령」을 한 대목 불러 젖혔다.

　　　늦바람 불라고 성황님 졸른다
　　　갈 길은 멀구요 행선은 더디니
　　　에헤이에 에헤에 에헤에야
　　　임 만나 보겠네

의병의 발자취와 탄광 지대

을미 의병 전쟁 본고장 장담(長潭)

이번 민요기행은 의병의 격전지 순례로부터 시작하게 되었는데, 첫 번째로 간 곳이 제천 봉양면 공전(公田)이라는 곳이었다. 공전이란 옛날 나라 소유의 논밭이 있어서 붙여진 이름으로, 이곳이 바로 1895년 유인석 등이 전국에 격문을 발하며 의병을 일으켰던 곳이다. 유인석은 당숙이자 스승인 유중교가 설립한 자양(紫陽) 서원에서 공부하고 있었다. 그 뒤 이 서원은 자양 영당(影堂)이 되어(1906) 송시열, 이항로, 유중교, 유인석, 이직신의 영정을 모시고 해마다 봄가을(음력 3월 20일과 9월 20일)로 제사를 지냈는데 오늘이 그 가을 제삿날이다. 일제 36년 동안 한 번도 거른 일이 없는 이 제사는 실제로는 반일 정신을 기르기 위한 것이었다고 주최자는 차 안에서 설명했다.

우리가 도착한 것은 12시가 다 되어서였는데, 제사도 미루면서 기다렸던 모양이다. 도착하자마자 제사가 시작되었다. 제관이나 참례자들은 모두 옛 복장들이었으며 그 가운데는 상투를 올린 영감도 있었다. 화서의 후손이 관리하고 있는 지방 유형 문화재 36호인 자양 영당에는 목판 『화동강목(華東綱目)』 장판각 3,300여 점이 보관돼 있는데, 역사서로서 『팔만대장경』에 버금갈 만큼 중요한 것이란다. 제사를 끝내고는 잠시 동네를 돌아본다.

임진왜란 때 왜병들이 개울가에서 밥을 지어 먹었다 해서 이름 지어진 식개에서 점심을 먹고 제천으로 향했는데 차 안에서 지방 사학자 강성열 씨가 제천 지방의 의병 전쟁에 관해 설명했다. 을미 의병 때의 참모 박주순 얘기도 나왔는데, 그 박주순 밑에서 이조승과 함께 일종의 홍보 일 같은 것을 했다는 김영록은 「조선가」(이구영 역)라는 의병가를 남기고 있다.

> 푸른 바다 넓은 대륙 수많은 나라
> 동방이라 한 모퉁이 조선이라네
> 당요 시대 비로소 문명이 열리고
> 단군이 나라 세워 조선이라네
> (……)
> 떨치고 일어섰네 의병의 깃발
> 목숨 바쳐 지키리라 내 나라 조선
> 역적무리 앞잡이를 한칼에 처단하니
> 의병들의 드높은 함성 조선을 진동하네
> (이하 생략)

제천으로 나와서는 먼저 시내에서 십여 리 떨어져 있는 검은돌〔烏石里〕로 향했다. 검은돌은 동네 앞에 큰 검은 바위가 있는 30여 호의 작은 마을로 마을 뒤 언덕배기에 강씨들의 서당이었던 박약재(博約齋)가 있다. 방 세 개를 가진 작은 집이지만 이 집에서 운강 이강년의 전투 기록인『창의일록』이 강순희, 박정수, 이화동 등에 의해서 편찬되었다. 또 을미 전쟁 이후 군사를 끌고 만주로 갔던 유인석이 다시 국내로 들어와 제자들과 함께 새로운 봉기를 모의한 곳도 이곳이라 한다. 이러한 유서 깊은 건물이 거의 버려져 있는 것을 강성열 씨는 안타까워했으며, 의병 전쟁 이후 안중근이 하얼빈에서 이등박문을 사살하는 일을 뒤에서 돕고 또 정재관을 미국에 보내어 왜적의 앞잡이인 스티븐스를 살해하게 하는 등 치열하게 독립 운동을 벌인 유인석의 후기 활동이 거의 알려지지 않고 있는 데 대해 개탄했다.

유인석의 문하인으로서 전 군장으로 의병에 참여했던 안승우가 충주를 점령하고 있다 수안보로 패주, 거기서 다시 왜병에게 쫓겨 제천까지 왔다가 제자인 소년 홍사구와 함께 전사한 남산은 평평한 언덕으로 이제 완전히 제천 시내 한복판이 돼 있다. 의림지로 가서 홍사구의 무덤까지 보고, 사제 간의 깊은 의리에 관한 얘기를 들었다. 여기까지 돌고 나니 저녁 때가 가깝다. 서둘러 이강년이 1908년 왜적과 싸우다가 부상하여 포로로 잡힌 금수산으로 갔다. 그러나 포로가 된 까치성은 길에서 3킬로미터나 떨어져 있어 갔다 오자면 두 시간은 족히 잡아야 하는데 이미 해가 서산에 걸리기 시작했다. 아쉬운 대로 멀리서 보고 지나칠 수밖에 없었다.

탄가루에 실려 간 꽃다운 이내 청춘

차편을 따라 서울로 되돌아왔기 때문에 새벽에 서둘러 되짚어 영월로 가는 버스에 올랐다. 김삿갓의 무덤에 가 볼 작정이었다. 그러나 막상 영월까지 네 시간이나 걸려 내려가 보니 믿고 간 박영국 씨가 서울 가고 집에 없다. 그는 이 지방에 살면서 지방사를 연구하는 사람으로 특히 김삿갓에 대해서는 많은 자료를 가지고 있다.

일단 김삿갓 무덤을 찾아가 볼 것인가, 하루를 기다렸다가 박영국 씨를 만난 다음 갈 것인가 망설이다가 계획을 바꾸어 거꾸로 기행하기로 했다. 군 공보실에서는 그를 만나고서 가는 것이 좋을 것이라고 권했고, 그렇다면 그사이 태백을 다녀오는 것이 시간 절약이 될 것으로 생각되었다. 광산 도시 태백에 가서 노가바를 듣는 것도 이번 기행의 중요한 계획 중 하나다. 그래서 해 떨어지기 전에 닿을 욕심으로 점심을 가락국수로 때우고 부랴부랴 태백으로 가는 버스에 올랐다.

영월에서 태백까지는 두 시간 가까이 걸리는 길이다. 차는 꼬불꼬불 땅보다도 돌이 더 많은 산밭이 가파른 산비알에 위태롭게 달

166

라 붙은 산들을 돌고 또 돈다. 여러 날을 가물어서 개울은 바짝 말라 있고 그나마 물은 탄광 지대여서 검은빛을 하고 있지만 태백 가는 길은 곳곳이 절경이다. 그러나 태백시의 경계 팻말이 나오면서 풍경은 사뭇 달라진다. 검은 탄가루를 산처럼 쌓아 놓은 저탄장이 보이고 길가의 집들은 단순한 양식의 초라한 사택들이 대부분이다. 마을들은 군데군데 검은 탄가루로 끊어져 있었고, 포장된 길인데도 버스는 검은 먼지를 일으키면서 달렸다.

차에서 내리니 4시 반밖에 안 되었는데 산속의 낮은 짧아서 햇볕이 어느새 저녁 햇살이다. 해발 650미터가 넘는 고원답게 기온도 썰렁하니 차다. 먼저 황재형 화백에게 전화를 건다. 면식은 없지만 그를 만나는 것이 탄광 지대의 노가바를 듣는 가장 빠른 길일 것이라고 친구들이 말했다. 그가 일러 주는 대로 택시를 타고 가니 길가에 나와 서서 기다리고 있었다. 그는 화실 겸 그의 아내가 어린이 그림 지도 교실을 운영하는 가건물로 안내했다.

태백은 우리나라 유일의 광산시다. 그러나 석탄이 사양 산업이 되면서 태백 사람들은 걱정이 태산 같다. 한시 바삐 이 고장을 뜨는 것이 상책이라는 걸 모르지 않지만 막상 어디 가서 무얼 해 먹고 산단 말인가. 광부들이 많이 오는 술집으로 안내하겠다면서 황 화백이 나를 끌고 간 곳은 산허리에 시커멓게 자리 잡고 있는 선탄장, 저탄장에서 금세 탄가루가 날아와 함빡 뒤집어쓸 것 같은 사택촌이었다. 사택을 개조해 만든 것으로 보이는 술집 안은 컴컴

하고 천장이 낮았다. 탁자는 세 자리인데 모두 서너 명씩의 광부들이 차지하고 있다. 적당히 걸터앉아 소주를 시켰다.

땅속에 들어가면 기온이 37, 8도가 된다. 나무 기둥이나 연장을 잔뜩 지고 몸 하나 겨우 빠져나가는 굴속을 기어오르고 내린다. 이러자니 옷은 땀으로 함빡 젖는다. 게다가 탄가루는 오죽이나 마시는가. 갱 생활 3년에 진폐증 안 생기면 오히려 비정상이다. 그래서 광부 생활 10년에 건강 잃고 마누라 잃는다는 말이 생겼다고 했다.

황 화백은 자기가 아는 한 현장에서 자생적으로 만들어져 불리는 노가바는 없는 것 같다고 말했다. 대개 운동권 노래들이 그대로 불린다는 것이다. 그중에서도 민요조보다는 뽕짝조가 우세한 것 같다는 것이다. 그때 한 광부가 젓가락으로 장단을 치면서 노래를 부르기 시작했다. 이용이라는 가수가 부른 「잊혀진 계절」이라는 노래인 줄 알았더니 노랫말을 완전히 바꾼 노가바여서 바짝 귀를 세웠다. 황 화백에게 광부들의 사진을 찍거나 녹음을 하지는 않겠다는 약속을 했으므로 녹음할 수 없는 일이 안타까웠지만, 상경해서 한국 문화운동 연구소에서 펴낸 『해야 솟아라』라는 노래 모음집을 보니 다음과 같은 노래다.

> 열심히 뼈 빠지게 일해도 언제나 그 모양 그 꼴
> 우리도 인간답게 살자며 온몸으로 외쳐 댔지요
> 동지의 처절했던 죽음을 우리는 잊지 못해요
> 노동자가 주인이 되는 새 세상은 언제인가요

깨지고 억눌리고 짓밟혀도 우리에겐 내일이 있다
동지여 일어서서 뛰어라 내일을 향해

　완전히 어두워져서야 술집에서 나왔다. 황 화백이 다음으로 나를 데리고 간 곳은 이 고장의 젊은 향토사 연구가 김강산 씨에게였다. 이 지방에서 태어나 이 지방에서 살고 있는 김강산 씨는 향토사를 연구하는 한편 태백 문화원에서 사무국장으로 일하고 있었다. 김강산 씨에게서 몇 가지 사실을 들을 수 있었는데 다음과 같은 것들이다.

　태백 지방은 삼한 시대에는 진한에 속한 부족 국가로 삼척읍에 도읍을 둔 실직국(悉直國)에 속했으며 그 뒤 신라와 고구려가 번갈아 차지하게 되었다. 탄광이 개발된 것은 1933년 일제의 전쟁 재벌에 의해서였다. 태백시와 정선군의 경계를 이루는 해발 1,442미터의 금대산 천의봉은 한강과 낙동강의 첨단 발원지로서, 가령 한 방울의 빗물이 이 봉우리에 떨어졌을 때 반 방울은 한강 물이 되고 반 방울은 낙동강 물이 된다. 태백산은 웅장하기만 할 뿐 아기자기한 맛은 없지만 부채의 사북처럼 생겨서 우리나라의 모든 산이 여기서부터 뻗어 나가고 있어, 이름 그대로 한국에서 중심되는 산이라 할 수 있다.

　밤이 늦어 다음 날 만나 이 고장의 노래인 「사시랭이」를 들으러 함께 가기로 약속하고, 김강산 씨네 집에서 나왔다.

'사시랭이' 놀이

날이 채 밝기도 전에 여관을 빠져나왔다. 신시가지를 어슬렁거리며 기지개를 켜기 시작하는 탄광 도시를 구경하고 어제 찍지 못했던 사진도 찍는다. 광부들이며 막일꾼들이 해장을 하는 골목도 기웃거려 본다. 아침을 먹고는 황재형 화백을 불러내어 차를 타고 문화원이 있는 장성으로 갔다. 같은 태백이면서도 장성은 분위기가 사뭇 달랐다. 사택들은 크고 깨끗했다.

문화원에 들어가 앉아 벽에 걸린 해동 전도며 평양 전도 등 19세기 귀중한 지도들을 한참 구경하고 나니 김강산 씨가 나왔다. 문화원에서 차 한잔씩을 마시고 이내 나와서 밖으로 나가는 버스를 탔다. 한 15분쯤 달려 우리는 돌문 앞에서 내렸다. 저 돌문이 영남과 태백을 잇는 자연 석문으로 그 아래 만들어진 소가 구무소였는데, 우리가 「사시랭이」를 들으러 가는 퉁점이는 바로 그 석문 밖에 있는 동네였다.

'퉁점'이란 동점(銅店)이 속음화한 것으로, 이 마을에 옛날에는 동광이 있어 그것으로 놋그릇을 만들어 파는 놋점이 여러 곳에 있대서 붙은 동네 이름이다. 이 마을에는 3, 400년 전부터 '사시랭이'라는 놀이가 있었다. 이 놀이는 상갓집에서 밤샘을 하거나 의병들이 번을 설 때 잠을 쫓기 위해 했으며, 이 놀이에는 노래가 따르는데 흔히 추렴을 하거나 혼인 때 또 회갑 때 이 노래가 불렸다. 놀이는 1부터 10까지의 숫자가 새겨진 스물네 닢의 엽전을 가지고 하는 놀이로서 50리 안팎 동네는 거의 다 했다 한다.

술과 음료수를 사던 김강산 씨가 앞장서서 들어간 집은 바로 구무소 밖 세거리 길가에 있었다. 오늘이 초하루, 마침 동점 노인 회원들이 모여서 노는 날이어서 방에는 7, 8명의 노인네들이 술을 마시고 있다. 이들은 '사시랭이 민속놀이패'라는 모임도 만든 듯 벽에는 이 놀이패가 받은 표창장도 걸려 있다. 노래를 들으러 왔다는 김강산 씨 소개에 노인들은 조금도 빼는 기색 없이 노래를 부를 자세를 취했고, 김강산 씨가 먼저 노래에 대해 간단하게 설명을 했다. 엽전을 내려치든가 던지면서 엽전 숫자에 맞춰 노래를 하는 것인데, 즉흥적으로 만들어 부르는 경우도 많기 때문에 가짓수는 제한이 없다. 1자 엽전을 던지면서 하는 소리는 1자 불림소리, 3자 엽전을 내려치면서 하는 소리는 3자 불림소리라 한다. 소리는 정연식, 김상옥, 천몽근, 김흥숙, 정인교 노인의 순서로 1자 불림소리부터 불러 나갔고 후렴은 방 안에 있던 다른 노인들까지 다 따라 불렀다. 다음의 1은 1자 불림소리, 2는 2자 불림소리이다.

> 1 일락서산 해지고 월출동녁 달뜬다
> (후렴)
> 나오고 나온다 나오는 글씨 한 글씨 뒷장 불림을 불리소
> 2 이화도화 만발해 도화밭에 질난다
> 3 삼신산에 초불로 늘지 마란 약이다
> 4 넓적다리 들썩 마라 사대육신 녹는다

5 오고 가고 연락을 오마실이 길가집
6 유월 유두는 해마담 육로로 갈까 배로 가
7 칠월 대구 통대구 일곱 형제 칠 형제
8 파랑나무 강나무 너울너울 춤춘다
9 구질구질 오는 비 청룡황룡의 눈물비
10 장터 궁터 말 매고 큰 술집으로 찾아든다

노랫말은 해학적이면서도 시대상을 반영하고 있으며, 어깻짓 · 고갯짓을 하며 부르는 가락은 신명에 넘쳤다.

시청에 들러 자료를 얻고, 점심을 먹고는 김강산 씨와, 황 화백과 헤어져 영월행 버스에 올랐다. 상동에 오니 바람이 불고 후드득 후드득 빗방울이 떨어지기 시작하더니, 영월에 오니 바람도 차지고 빗발도 제법 굵어졌다. 영월 와서는 박영국 씨에게 전화부터 걸었으나 서울 갔다가 오긴 했는데 아침에 나가 집에 없다는 대답이었다. 어둑어둑 날은 어두워지고 다른 방법도 없어 일단 택시를 타고 문화원으로 갔다. 김삿갓 무덤으로 가는 정확한 길이라도 알까 해서였다.

멀고 먼 김삿갓 무덤 길

문화원에서는 한 아가씨가 혼자서 사무실을 지키고 있다가 사방으로 전화를 넣어 보았지만 박영국 씨는 찾을 수 없었다. 시내로 나와 택시를 타고서 김삿갓 무덤까지 가지 않겠느냐니까, 운전사는 거긴 길이 험해 대낮에도 못 간다고 한다. 터미널에 내려 다른 운전사한테 물어보아도 같은 대답이다. 그때 한 운전사가 그곳에 가는 요령을 알려 주었다. 영월 쪽에서 들어갈 것이 아니라 단양 영춘으로 가서 거기서 자고 택시를 대절하면, 당일치기로 갔다올 수 있다는 것이다. 그래서 네 시간도 넘게 걸려 영춘으로 들어갔다. 이미 밤이 깊어 식당도 가게도 열려 있는 집이 없었다. 다행히 강둑 가까이 하숙집 네온사인이 보여 들어가니 주인 내외만이 집을 지키고 있다가 반갑게 맞는다. 주인 박 씨는 영춘에서 3대째 사는 사람으로 이 고장의 내력에는 정통했다. 김삿갓 무덤도 한번 다녀온 일이 있다고 했다. 거기까지 가는 길이 아름답지만 하루로는 어림없고 택시를 대절해 들어가는 길밖에 없다는 것이다.

우리나라 사람치고 방랑 시인 김삿갓(1807~1863, 본명 김병연)을 모르는 사람은 없을 것이다. 그가 남긴 시라고 알려진 시만도 몇백 편에 달한다. 하나 그에 대한 얘기는 대개 구전되는 것인데 그 이야기에 따르면 경기도 양주에서 태어난 김삿갓은 홍경래의 난 때 할아버지가 항복하여 가문이 몰락하고 벼슬길이 막혔다는 사실을 알게 되자 이를 비관하여 다시는 하늘을 안 보겠다며 삿갓을 쓰고 전국을 떠돌며 시와 걸식으로 일생을 보냈다. 스물둘에 집을 나가 쉰일곱에 객사했으니 실로 35년간을 떠돈 셈이다. 세상을 떠난 곳은 전라도 동복이라는 곳인데 둘째 아들이 그 시신

174

을 거두어다 영월 의풍(지금은 하동)에 장사 지냈다는 것이다.

아침에 일어나니 하늘은 활짝 갰지만 쌀쌀한 것이 완연한 초겨울 날씨다. 일찍 출발할 요량으로 배낭을 챙기고 있는데 나갔던 주인 아주머니가 들어오면서 좋은 운전기사가 있어 말을 해 두었으니 택시로 가라고 권한다. 그래서 김삿갓 묘지는 운전사를 동무해서 찾아가게 되었다.

차는 동대리, 베틀말까지 10여 킬로미터는 산자락 밑으로 도는 길을 달렸지만, 베틀말서부터는 가파른 고갯길로 올라서서 구불구불 산비알을 타고 올라갔다. 해발 600여 미터, 길이 10여 킬로미터의 험한 고개를 넘으니 제법 널따란 분지가 나왔다. 드문드문 집들이 박힌 마을도 꽤 커서 100여 호는 넘어 보였다.

동네 사람이 가르쳐 주는 대로 개울을 따라 난 길을 한참 올라 고개를 넘어 보니 그곳에는 별천지가 펼쳐져 있다. 골짜기 아래로 맑은 냇물이 흐르고 냇가로 수확을 끝낸 논과 밭이 이어져 있는데, 논밭이 끝나고 산이 시작되는 곳에 예스러운 집이 서너 채 고즈넉이 엎드려 있다. 거기 어디쯤 무덤이 있으려니 싶어 들일하는 사람들에게 물으니 작은 고개를 하나 더 넘어가란다. 길이 더 들어갈 수 없을 듯한 산길을 개울을 따라 20여 분 더 걸어 들어가니 이제 정말 길이 끊어지는 듯싶은 곳에 집 두어 채가 서 있고 그 하나가 가겟방이다. 가겟집 앞으로는 바닥의 모래알을 셀 수 있을 만큼 맑은 물이 흐르고 가로는 항아리 따위가 놓여 있다. 마침 마루를 비질하는 젊은 아낙네가 있어 김삿갓 무덤을 물으니 바로 집 뒤의 언덕을 가리킨다.

무덤은 그래도 누가 손을 보는지 제법 깨끗하고 앞에는 '난고(蘭皐) 김병연지묘'라는 비석이 서 있다. 무덤 둘레에는 참배객들이 버리고 간 빈 소주병이 산더미처럼 쌓여 있다. 김삿갓이 술을 좋아했으니 참배 와서도 소주 한잔 하지 않고 갈 수는 없었던 것이었을까.

> 청송(靑松)은 듬성듬성 잎(立)이요
> 인간은 여기저기 유(有)라
> 소위(所謂) 언뜻삣뜩 객(客)이
> 평생 쓰나 다나 주(酒)라 (「언문풍월(諺文風月)」 전문)

가겟집으로 내려와서 마루에 걸터앉아 음료수 한 잔씩을 마셨다. 여기서 동네 중심이 되는 와석까지는 30리다. 차 세워 두었던 데까지 되짚어 와서 올라갈 때 길을 알려 주던 사람이 아직도 들일을 하고 있기에 이 고장에 김삿갓에 관해 전해 내려오는 얘기가 없느냐고 물었더니 영월 읍내에 김삿갓 박사가 있다고 시원스레 대답한다. 박영국 씨 아니냐고 했더니 바로 그렇다 한다. 올라가는 길에 다시 그에게 들러야겠다고 생각하면서 택시에 앉아 산속 마을을 빠져나온다.

남도 황톳길의 노래와 씻김굿

다산과 함평

몇 년 전 함평에서 선생을 하는 후배가 엄다면에 꽤 널리 알려진 좋은 들 노래가 있으니 한번 와 보라고 연락했었다. 이번에도 미루었다가는 영 기회를 놓칠 것 같아서 그쪽으로 길을 잡았다.

그래서 일단 고속버스로 나주까지 갔는데, 곧장 함평의 엄다리로 향하려다가 문득 다산(茶山)의 시「율정이별(栗亭離別)」이 생각나서 율정점을 찾아보기로 했다. 이 시는 1801년 천주교도 박해를 위한 신유사옥이 일어나 다산이 형 정약종과 정약전 그리고 이승훈 등과 함께 체포되었다가, 약종은 장살당하고 약전은 흑산도로, 다산은 강진으로 귀양 가게 되어 이곳까지 형제가 함께 왔다가 헤어지면서 읊은 시다. 약전은 흑산도로 가기 위해 목포 쪽으로, 다산은 강진으로 가기 위해 완도 쪽으로 향하면서 헤어진 곳이 율정점이다. 여기서 헤어진 두 형제는 하나는 흑산도로 가서 물고기를 실제로 조사하여 『자산어보(慈山魚譜)』라는 귀중한 어류 연구서를 남겼고, 또 하나는 강진으로 가서 실학을 완성하여 『여유당전서(與猶堂全書)』로 엮어진 많은 저작들을 남긴 것이다.

다산 형제가 귀양 길에 오른 것이 1801년 11월 5일, 율정점에 도착한 것이 11월 21일이었는데, 열여섯 해 뒤에 약전이 유배지에서 죽으니 이것이 형제의 마지막 이별이 되고 말았다.

율정점이 있었을 것으로 짐작되는 곳에 있는 국밥집에서 점심을 먹고 곧바로 함평 엄다리로 향했다. 엄다리 번동은 함평 읍내에서 불과 8킬로미터 정도밖에 안 떨어진 면 소재지로서, 바로 나주에서 무안으로 가는 큰길에서 얼마 안 되는 곳에 들어앉아 있는 마을이었다. 동네 앞에 널리 펼쳐진 들판이 기름지기로 유명한 학다리 평야란다.

면사무소에 들러 전라남도 지정 무형 문화재인 함평 농요 기능 보유자인 천학실 씨를 찾으니 바로 앞의 기와집을 찾아가라고 일러 준다. 그는 집에서 사람들한테 북과 장구를 가르친다고 들었는데, 방 한구석에는 북, 장구 등이 있었지만 배우는 사람은 없었다. 노래를 들으러 왔다고 하니까 지금은 몸이 시원치 않아 안 되겠으니 다음에 들러 주었으면 좋겠다고 말했다. 도리 없이 물러 나와 학다리에서 하룻밤을 묵고 다음 날 오전에 다시 갔으나 하룻밤 자고 나도 그의 몸은 조금도 나아지지 않았다. 아픈 사람을 잡고 노래를 듣겠다고 할 수는 없어서 같은 동네의 다른 노래꾼 강영진 씨를 찾아갔지만 그는 광주에 나가고 없었다. 할 수 없는 일이었다.

이밖에도 엄다리에는 강영진, 윤예병 노인 같은 노래꾼들이 있는데 역시 만나지 못 했지만, 후배의 제보에 따르면 모두 엄다리 토박이들로 예로부터 이 지방에 전해 내려오는 노래를 변형시키지 않고 그대로 부른다고 한다. 대목마다 "호오호 호호와 덜 더덜개요"라는 후렴이 붙는, 이 고장에서 「덜래기 소리」라고 하는 논매기 노래와 벼를 매통에 넣어 매갈이할 때 부르는 「매통질 소리」를 옮겨 적어 본다.

　　　　늦은 덜래기
　　　　호오호 호호와 덜 더덜개요(후렴)
　　　　우리나라 기름진 땅에
　　　　오곡초를 심어를 놓고
　　　　하나님이 보호하사
　　　　우수풍작이 좀도나 좋네
　　　　이 농사를 지어나 놓고
　　　　나라 봉양 허여를 보세
　　　　나라 봉양 헌 연후에
　　　　선영 봉사를 허여를 보세
　　　　선영 봉사 헌 연후에
　　　　자손 교육을 시캐를 보세
　　　　다마금(벼이름)이 좋다 해도
　　　　물삼두(벼이름)가 더욱도 좋네

(……)
다 잘허네 다 잘도 허네
우리 농군들 다 잘도 허네
일락 서산 해 떨어지고
오늘 일도 다 되었고나
가세 가세 어서를 가세
우리 마을 참봉댁 가서
저정거리고 놀아도 보세

잦은 덜래기
호호 덜 더덜개요
날만 새면 일판으로
두 손에다 힘몰아 주고
다구지게 굵어를 주소
위 ~ 위

매통질 소리
에헤라 매통 에헤라 매통

매통 소리는 어디를 갔다 에헤라 매통
가을마다 찾어를 오네
(후렴, 이하 생략)
이 나락을 깍아지고
첫째로는 나라 봉양
둘째로는 선영 봉양
셋째로는 자손 교육

새벽바람 찬 서리에

매갈기가 손 시렵네

에헤라 매통 에헤라 매통

황톳길에 선연한 핏자국

엄다에서 신안의 지도(智島)로 가는 직행 버스를 탄다. 차에 앉아 밖을 내다보니 문둥이 시인 한하운의 표현 그대로 "가도 가도 붉은 황톳길"이다. 문득 저 황토에서 100여 년 전 동학 혁명의 힘이 나오고 1980년의 5월 광주 민주화 운동의 뜨거움이 솟지 않았을까 생각되기도 한다.

지도는 1975년 같은 군의 해제(海際)와 다리로 이어지면서 육지가 되고 말았다. 아직도 17개 마을에서 당제를 지내는 것으로 알려져 있다. 아직 찾아지지 않은 노래가 몇 남아 있으리라는 기대가 이곳으로 날 이끌기도 했다. 먼저 마을 구경부터 했다. 저녁도 여인숙에서 먹고 밤에는 주인 아주머니의 소개로 이웃에 사는 김권칠 노인을 찾아가 이 동네 당제에 관한 얘기를 들었다. 젊어서는 배를 타고 멀리까지 가서 고기를 잡았다는 그는 젊어서 제주를 한 일도 있어 당제에 대해서는 소상히 알고 있는 편이었다.

읍내리는 동촌과 서촌으로 나뉘어 있고, 두 마을 다 같이 안쪽에 높이 7미터, 수령 400여 년에 이르는 점나무가 있는데 이것이

당목이다. 사람들은 이 두 나무가 한날 한시에 나서 자랐다고 믿고 있으며 한 쌍의 부부나무라고 알고 있다. 동촌에 있는 나무가 할머니, 서촌에 있는 나무가 할아버지 나무라는 것이다. 제삿날은 음력 사흘날. 이튿날 밤에 당나무 둘레에 제막을 두르며 사흘날 자시에 제를 올린다. 제물을 장만할 때 부녀자들은 구경도 못 하게 하는 것이 특징이며, 제관은 근래에 장가든 사람 가운데 깨끗한 사람으로 고른다. 또 당제 때는 동촌에서는 서촌 할아버지 메를 차리며 서촌에서는 동촌 할머니 메를 차린다. 두 마을 사이의 우의를 돈독히 하기 위해서임은 말할 것도 없다. 제사를 끝내고서는 음복을 하고, 그 자리에서 동회를 열어 동네일을 상의한다. 그러고는 남녀가 동서로 편을 갈라 줄다리기를 하고 마당밟이를 하면서 풍년을 빈다.

아침에 다시 마을 구경을 나선다. 어제 보지 못했던 동촌과 서촌의 당나무인 점나무도 보고, 허름한 뒷골목의 게딱지 같은 집들도 다시 본다. 사람들은 한결같이 친절하고 전혀 객지 사람을 경계하는 빛이 없다.

군내 버스가 서 있어서 알아보니 부두까지 가는 차다. 무작정 타고 보니 차는 섬 안을 한 20분쯤 달려 파도가 치는 바닷가에 내려놓는다. 선착장에는 배를 기다리는 사람들이 여럿 있었다. 낙월도에서 배가 들어오고 사람들은 배에서 선객들이 내리기도 전에 서둘러 몰려 나간다.

섬의 노래 싸움

낙월도행 배가 떠나는 것을 보고 버스로 온 길을 돌아서서 걸어 갔다. 선착장에서 2킬로미터쯤 안에 있는 금출이라는 마을에 가 보기 위해서였다. 금출은 40여 호쯤 되는 아담한 마을이었다. 마을은 죽은 듯 조용하고 내가 사진을 찍어도 개만 짖고 나와 보는 사람이 없었다. 그래서 동네를 나와 백련골, 감정골로 해서 읍내 리까지 걸어오니 저녁 때가 다 되었다. 점심 겸 저녁을 먹고 나니 마침 목포로 가는 버스가 서 있기에 차에 올랐다.

잠시 뒤에 떠난 차 속에서 목포까지 한 시간 반 좀 넘게 나는 신갑례 할머니와 동무하게 되었는데, 지도 읍내리에서 나서 자라 감정골로 시집갔다는 할머니는 아주 재미있는 얘기를 하나 했다. 지도에는 마을 사이에 시비가 일어나면 마을 사람들이 다 나와 번갈아 가며 노래를 불러 더 큰 소리를 낸 쪽이 이기는 것으로 시비를 가리는 풍습이 있었다는 것이다. 여남은 살 때까지도 그러는 것을 보았다니 1920년대까지는 그런 풍습이 남아 있었다는 얘기다.

목포의 바리데기

목포에 내려 아는 사람을 통해 미리 연락이 돼 있던 이성주 씨를 찾아갔다. 그리고 목포와 신안 등지를 다니며 씻김굿을 하는 그의 아내인 당골네 노점례 씨를 만나게 되었다. 전라도 지역에서는 무당을 가리켜 '당골'이라 부른다. 사진은 안 찍고 무가를 녹음만 한다면 만나겠다고 했다.

이성주 씨와 노점례 여인은 다 같이 영광의 읍내와 염산의 대대로 내려온 세습무 자손들이다. 이성주 씨는 중학교만 나오고는 아버지와 어머니를 따라다니며 피리와 장구로 굿을 도왔고, 노점례 여인은 철이 들면서 곧바로 굿판을 쫓아 다녔다. 둘이 결혼한 것은 한국 전쟁 직전인데 그때만 해도 당골에 대한 사회적 차별이 심했다. 목포로 나온 것은 20여 년 전, 영광에서 여학교에 다니던 큰딸이 절대로 당골이 되지 않겠다고 우겨서였다. 당골이 아니더라도 살 길이 있으면 괜찮겠다는 생각이 들어 그들은 딸 둘과 아들 둘에게는 억지로 시키지 않기로 작정하고 대대로 무당으로 살던 영광을 떠서 목포에 와서 자리를 잡았다는 것이다.

그러나 그들은 돌아다니면서 씻김굿을 계속했다. 그보다 나은 벌이가 없었기 때문이다. 지금은 옛날처럼 당골이라 해서 반말을 해 대는 사람이나 천대하는 사람이 없어서 기쁘다고 말했다. 말하자면 이성주 씨 부부는 사회의 천대를 피해 일단 고향을 떴으나 무당 일보다 더 나은 벌이가 따로 없어 다시 그 일에 종사하는 경우인 것 같다. 섬 지방에서는 아직 굿이 필요한 데다 기능을 가진 사람은 점점 적어지고, 굿에 대한 사회 인식도 달라지니까 그들은 이제 무당 일에 대해서 은근히 자부심마저 가지는 것 같았다.

무가 녹음을 하기에 앞서 이성주 씨는 씻김굿에 관해 간단히 설명했다. 오늘 녹음 할 무가가 씻김굿 때 부르는 노래이기 때문이다. 씻김굿은 오구굿이나 지노귀굿과 마찬가지로 죽은 이의 영혼을 저승으로 보내는 굿이지만 다른 점이 있다. 죽은 이의 옷을 돗자리로 말아서 몸통을 만들고, 주발 안에 넋전을 담고 뚜껑을 덮어서 세워 놓은 돗자리 위에 얹은 다음, 그 위에 솥뚜껑을 덮어서 죽은 이의 형상을 상징적으로 만든다. 이것을 무당이 노래하면서 물로 씻기는 의식이다.

씻김굿은 모두 열두 거리라고 했는데 모든 거리가 노래로 진행된다. 노점례 여인은 칠성풀이, 지신풀이, 장자풀이, 바리데기 중 어떤 것을 먼저 불렀으면 싶으냐고 물어 서사 무가 중 가장 빼어나다고 일컬어지는 「바리데기」를 청했다. 「바리데기」는 죽은 이의 넋을 씻겨 극락으로 보내는 가장 중요한 거리에서 부르는 노래다. 노점례 여인이 노래를 부르며 직접 장구를 치고 이성주 씨가 피리로 반주를 했다.

"염불루 길을 닦아 가실 적에 오귀(오구) 문을 열어서 극락세계로 가십니다. 바리데기를 따라 극락세계로 가시는구나" 하고 먼저 소리조 아니리를 엮은 다음 노래가 시작되었다.

> 불라국이라 하는 것에 오귀 대왕님 좌정하여
> 삼천 궁녀 거느리고 만조 백관을 거느리고
> 용상 좌기에 좌정하여 금관을 높이 쓰고
> 옥새를 거머쥐고 마음대로 하였건만

십륙 세에 치국하구 이십에 장가를 가서
삼십에 자식을 보는구나
길대 부인은 어질고 착하고 인물도 좋네
(……)
첫째도 딸이로구나 둘째도 딸이로다
셋째도 딸이로다 넷째도 딸이로다
다섯째도 딸이로구나 여섯째도 딸이로구나

길대 부인은 일곱 번째도 딸을 낳는데 그가 바리데기다. 아들을 고대하던 아버지는 갓 낳은 바리데기를 강물에 띄워 버린다. 바리데기는 하늘이 아는 자손인지라 비리 공덕 할미가 구해 주고 아버지는 딸을 버린 죄로 죽을 병이 들어, 저승의 약물을 먹어야 살아날 수 있다고 한다. 그러나 귀하게 기른 여섯 딸은 아무도 가려 하지 않는다. 할 수 없이 부모는 버린 바리데기를 다시 찾아 저승에 가서 약물을 구해 올 것을 청하는데, 그리워하던 부모를 만난 바리데기는 부모를 원망하지 않고 길을 떠난다. 바리데기는 갖은 고생 끝에 저승에 도착, 나무하기 3년, 물 긷기 3년, 불 때기 3년의 고행을 치르고, 약물지기의 아내가 되어 아들 셋을 낳아 주고서야 약물을 얻는다. 급히 집으로 달려오니 아버지는 이미 죽어 상여가 나가고 있다. 상여를 세워 아버지에게 약물을 먹여 살려 내고 바리데기는 저승 세계를 관장하는 오귀 신이 된다.

행상 망틀 부여잡고 아이고 아버지 아버지
바리데기 약수 삼천 리 약물 길어 왔나이다
정신을 채려 저를 보옵소서
행상 망틀 부여잡고 방성통곡 우는데
딸년들이 좋다고 흰 덩*을 타고 나오고
사우 여섯이 좋다고 흰 덩을 타고 나오고
(……)
아버지 뼈 생겨나씨요 아버지 살 생겨나씨요
이리 쓰담구 저리 쓰담니
아버지만 일신이 생겨나는구나

　이 「바리데기」 무가를 부르는 이유는 저승 세계를 다녀와서 죽음을 이겨 낸 바리데기 신을 모셔다가, 죽어서 저승에 갈 망자를 잘 인도해 주게 하는 데 있다.

　전라도 굿, 특히 씻김굿은 춤이나 극적 효과를 강조하는 경상도 오구굿 등과는 달리 노래를 중시해서, 굿이 마치 노래로 시작되어 노래로 끝나는 느낌을 준다고 하는데, 과연 노 여인의 무가를 듣고 있자니 그 말의 뜻을 알 것 같았다. 당골 부부의 배웅을 받으며 밖으로 나오니 하늘에는 구름 한 점 없이 별만 다닥다닥 붙었다.

*덩 : 공주나 옹주가 타던 가마.

남한강의 뱃길 천 리

신라 때부터 '중원'이라고 불러

충주 시내에서 탄금대를 지나 강을 따라 서쪽으로 한 10리 정도 더 가면 강가에 높이 14, 5미터의 큰 석탑이 서 있다. 이 탑이 국보 6호로 지정돼 있는 탑평리(塔坪里) 7층 석탑인데, 이 고장 사람들은 그냥 중앙탑이라고 부른다. 이 중앙탑이야말로 중원 문화의 상징이다. 이 고장 사람들은 이 고장이 남북을 통틀어 이 나라의 한복판이라고 믿고 있다. 또 이 고장 말이 표준말이 되었다고 알고 있으며 이 고장의 풍습이 가장 보편적인 우리나라 풍습이라고 말한다.

지금의 지명인 중원군은 1956년 충주읍이 시로 승격, 군과 분리될 때 군에 붙여졌는데 이 고장에 중원이라는 이름이 처음 붙여진 것은 신라 때다. 『동국여지승람』에 보면 고구려 때는 국원성(國原城)이던 것을 신라가 이를 빼앗아 진흥왕 때 소경(小京)

을 설치하고 귀족과 6부호민을 옮겨 살게 하다가 경덕왕 때 중원 경으로 고쳐 불렀다 한다. 고구려와 신라가 다 함께 이 고장을 전진 기지로 중시했음을 암시하는 기록이다.

지금 남아 있는 유일한 고구려 비라 해서 떠들썩했던 중원 고구려 비가 서 있는 곳도 중앙탑에서 이 길을 따라 우리게 쪽으로 5리쯤 더 가서이다. 고구려의 남방 경계를 표시하는 기념비로서 장수왕의 남진 정책을 기리기 위해 그 후대인 문자왕 때 세워진 것으로 추정되는 이 비석은 그 뒤 국보 205호로 지정되었다.

선돌에서 고개를 넘어가면 보이는 보련산을 끼고 도는 옛길을 따라 한참을 가면 내가 나서 자란 동네가 있었다. 마을은 동쪽과 북쪽이 보련산의 높은 봉우리로 막혀 있었다. 이 보련산 산기슭은 우리의 놀이터였다. 아무 데서나 땅을 조금만 파도 기와며 그릇 조각이 나왔고, 이것이 우리의 장난감이기도 했다. 보련산 꼭대기에 둘레가 5리나 되는 산성이 있다는 것을 우리는 어려서부터 들어 알았다. 우리 마을에는 이 산성에 얽힌 얘기가 많았는데 그 대표적인 것은 다음의 얘기다.

보련산 동쪽으로 마주 보이는 조금 낮은 산이 장미산이다. 그 산정에도 성이 있어 장미 산성이라고 부른다. 옛날에 보련이와 장미라는 두 남매가 있었는데, 모두 힘이 장사였다. 그러나 한 집안에서 장수가 둘이 날 수는 없는 법이었다. 어느 날 두 남매는 힘을 겨루어 지는 사람이 자결하기로 약속하고 성을 쌓기 시작했다. 성을 먼저 쌓는 사람만이 살아남는다는 것이었다. 그러나 아들이 누이를 이기고 살아남기를 바라는 어머니는 안타까웠다. 누이인 보련이 힘이 더 세어 그냥 두면 아들인 장미가 죽게 될 판이었다. 그래서 꾀를 내 가지고 떡을 해 이고 보련에게로 갔다. 이 떡을 먹는 동안 장미가 먼저 성을 쌓아 이기게 하자는 것이었다. 마침내 장미가 이기고 보련이 져서 보련은 자결했기 때문에 장미 산성은 완성되고 보련 산성은 완성되지 않았다는 것이다.

내가 이 산성을 자주 오른 것은 한국 전쟁 후인데 그때 허물어진 산성 안에는 몇만 평이 실히 되어 보이는 널따란 분지가 형성돼 있었다. 허물어진 집 몇 채와 우물이 있고 분지는 온통 키를 넘는 갈대밭이었다. 돌무더기로밖에 보이지 않는 성 위에 서면 왼편으로는 한강 물이 바로 눈 아래로 내려다보였고 오른편으로는 장미 성이 있다는 장미산과 탄금대의 물줄기가 보였다. 눈 아래 새파란 강물 위에 나룻배가 보이면 이내 어디선가 요란스러운 폭음 소리를 내며 날아온 전투기가 나룻배를 향해 기총 소사를 퍼붓는 모습도 자주 볼 수 있었다. 때로는 기총 소사가 배에 명중한 듯 배가 뒤집히고 배에 탔던 사람들이 물에 빠져 허우적거렸다. 그래도 사람들은 살아야 하니까 나룻배는 끊임없이 건너가고 건너오고, 비행기가 뜨면 사람들이 배 바닥에 엎드리곤 했다. 아직까지도 보련 산성은 내 머릿속에 갈대밭과 새파란 강과 나룻배에 미군기가 기총 소사를 퍼붓는 이미지로 남아 있다.

남한강 유역의 사회, 경제사

중원 문화는 한강의 중류, 즉 남한강 유역의 문화이다. 이 고장은 예로부터 수운이 발달했던 곳이다. 서울과 바다의 산물들이 배에 실려 올라와서는 달구지에 실려 또는 등짐, 봇짐으로 강원도, 경상도, 충청도의 산간 지방으로 운반되었다. 거꾸로 산간 지방의 산물이 이곳에 모였다가 배에 실려 서울로 올라가기도 했다.

내륙 지방 사람들에게 한강 뱃길이 중요한 것은 이 길이 소금이 오는 길이었기 때문이다. 배에 실려 올라온 소금은 가흥, 목계, 금천, 조둔, 황강, 청풍, 상진 나루 등에서 내려져 새재와 죽령을 넘어 영남으로 가기도 하고 원주로 빠져 강원도로 가기도 했는데, 특히 영남으로서는 이 길이 소금을 조달 받을 수 있는 유일한 길이었다. 신라와 고구려가 남한강을 지배하기 위하여 그토록 서로 피를 흘리고 싸운 것도 소금 길을 장악하려는 목적이 있었기 때문이라고 한다.

이 지역은 처음에는 백제 땅이던 것을 장수왕 때 고구려가 이를 빼앗았다가 신라의 진흥왕 때 다시 신라에 빼앗긴 것으로 여러 기록에 남아 있다. 이 기록들은 바로 이 지역이 삼국의 쟁패 지역이었음을 말해 준다.

이 기행 중 내가 가장 큰 감동을 받은 것은 강과 산 곳곳에 흩어져 있는 작고 큰 성들이었다. 특히 온달성이 있는 남한강 상류인 영춘에는 곳곳에 온달과 평강 공주의 얘기가 남아 있어 인상적이었는데, 상리 나루는 온달의 관이 땅에서 떨어지지 않자 평강 공주가 손으로 관을 어루만지며 "죽고 사는 것이 이미 결판났으니 그만 돌아갑시다" 해서 관이 떨어져 장사를 지냈다는 곳이요, 궁간 머리는 온달이 온달성에 군사를 주둔시키고 파수병을 배치했던 곳이라 했다. 온달이 앉아 쉬었다는 장군바위도 있고 군사의 식량을 위해 농사를 지었다는 장군배미도 있었다. 더욱 재미있는 것은, 중원 사람들이 대체로 고구려 지향이지만, 이 고장 사람들은 특히 "신라가 우리 한북의 땅을 빼앗아 군현을 삼았으니 백성들이 통한하여 일찍이 부모의 나라를 잊은 적이 없다"고 한 온달의 말처럼 자신들을 고구려의 후손으로 생각하고 있다는 점이었다.

온달성은 영조 때 전국의 읍지를 종합 정리한 책인 『여지도서』(輿地圖書)에 "온달이 이곳을 지키기를 청하여 성을 쌓았다고 전한다"라고 기록돼 있어서 보통 고구려성이라고 알려져 있으나 실제로 가보면 고구려성일 수가 없음을 알 수 있다. 먼저 성 위에 올라가 보면 북서쪽의 강 건너가 한눈에 내려다보이며, 남쪽에서는 쉽게 오를 수 있는 반면 북서쪽에서는 오르기가 어렵게 돼 있다. 그래서 이 성은 지방 역사가들의 주장대로 신라가 고구려를 막기 위해 쌓은 성으로 보이며, 온달성이란 이름은 이 성을 치다가 온달이 죽어서 붙여졌을 것이라는 것이 이 성을 보고 난 뒤의 느낌이었다.

남한강의 뱃길 천 리

중원 문화권 가운데서 가장 나를 사로잡았던 것은 역시 뱃길이었다. 가흥, 목계, 청풍, 황강 같은 수운이 발달했던 강 마을들을 나는 가 보고 또 가 보고 했는데, 이 기행은 되풀이될 적마다 더 새로웠다. 목계는 철도가 놓이고 도로가 뚫리기 전 수운의 중심지였다. 잠자는 듯 조용하다가도 서울에서 소금 배나 짐 배가 들어오면 활기를 띠었다. 소금 배나 짐 배를 맞아 장이 서는 것이었다.

옛날부터 우리나라에는 두 종류의 장이 있었으니, 서울과 큰 고을에는 상설 시장과 아침저녁으로 서는 장시가 있었고, 시골에는 닷새에 한 번 서는 향시가 있었다. 그러나 강을 낀 시골에는 향시 말고 또 한 종류의 장이 섰으니 그것이 갯벌장이라는 부정기 장이다. 갯벌장이 섰던 것은 배가 들어오는 날이 일정하지 않고 배에 실린 상품이 하루에 풀릴 수가 없었기 때문일 것이다. 말하자면 소금이나 짐을 실은 배가 들어오면 아무 때나 장이 섰고, 장이 한 번 섰다 하면 짧으면 사흘 길면 닷새씩 이레씩 열렸다. 이 갯벌장의 대표적인 예가 목계장이었는데, 배가 자주 올 때면 한 달에 몇 번씩 섰으나, 가물거나 강이 얼어 배가 오지 못할 때는 두 달씩 석 달씩 장이 서지 않을 때도 있었다. 갯벌장은 난전이 안 되게끔 일정한 교역 장소인 도가(都家)를 두어 소금이나 해산물이 꼭 이곳을 통해 팔려 나가게 했으며 곡식바리를 감독하는 말강구〔一監考〕*도 두었다. 이제는 변해 버린 장 골목에서 옛날의 도가 자리

를 찾고 또 쪼골쪼골 늙어 버린 옛날 배꾼들을 만나는 일은 감동
을 안겨 주기도 했다.

목계장과 따로 생각할 수 없는 것이 별신제이다. 별신제의 별
은 '별(別)'로 적지만 실은 '벌'로서 별신제는 뱃길이 무사하고 갯
벌 장터의 장사가 잘되게 해 달라고 비는 동네 제사다. 또 이 별신
제는 여러 가지 놀이와 행사를 통하여 마을 사람들의 공동체 의
식을 불러일으키는 기능도 가지고 있었는데, 그 놀이 중 하나가
줄다리기다. 이 줄다리기에는 인근에서는 물론 멀리 강릉, 문경,
점촌, 영월에서까지도 사람들이 모여들었다. 특히 이 줄다리기는
아기 못 낳는 여자가 줄을 잡으면 아기를 낳는다 해서 여자들에
게 인기였다.

목계에서 강을 건너면 늙은 소나무밭이 있고, 10여 리를 강을
따라 내려가면 가흥창지(可興倉地)가 나온다. 고려 시대에는 조
세미를 수송하기 위하여 이곳에 덕흥창(德興倉)을 두고 평저선
20척을 배치했었는데, 조선조에 들어와서 가흥창이라 고치고 경
상도와 충청도의 세곡을 이곳에 모아 쌓아 두었다가 얼음이 녹으
면 서울의 경창으로 옮겼다 한다. 그러나 충주댐이 건설되어 북진
나루나 고구려 때부터 군기고였다는 군기고지며 강을 끼고 도화
리로 가는 언덕에 있던 성터 등은 모두 물속에 잠겼다. 작으면서
도 오랜 고을이 가지고 있던 얘기와 노래도 함께 물에 잠겼다.

* 말강구 : 곡물 시장에서 마되질하는 일을 업으로 삼던 사람.

이 고을에 내가 처음 갔던 것은 1970년대 말이다. 북진 나루에서 나룻배로 건너는 강은 서너 길 물속의 자갈돌을 헤아릴 수 있을 만큼 맑았고, 멀리 둘러친 금수산은 옅은 물빛 비단 같았다. 고을의 관문인 팔영루 아래서는 아이들이 비석 치기를 하고 있고, 그 앞에는 송덕비가 줄지어 서 있었다. 그 송덕비들은 이 고을의 역사를 훑어볼 수 있게 하는 것들이었다. 군데군데 글씨가 마멸돼 있었으나 언제 큰물이 나고 언제 큰 흉년이 들었음을 알 수 있었으며 또 어떤 큰 난리를 겪었는가를 밝혀 주고 있었다. 또 강 언덕에 우뚝 솟은, 고려 충숙왕 때 관아의 부속 건물로 지은 것으로 알려져 있는 한벽루는 청풍을 그 이름처럼 아름다운 고을이 되는 데 결정적인 몫을 했다.

청풍은 고구려 때는 사열이현(沙熱伊縣)이다가 신라 때부터 청풍으로 불리게 된 오랜 고을로서 조선 왕조 현종 때는 왕후가 났다 해서 한때 도호부로 승격되기도 했다. 이 고을에는 많은 뱃 노래가 남아 있으며, 최근까지 고종 때 박효관, 안민영 등 평민 가객들이 조직한 노래 모임인 승평계(昇平契)가 이어져 내려왔다는 기록도 있지만, 나는 끝내 그 근거를 찾지는 못했다.

1983년 내가 민요기행을 시작할 때 첫 길로 잡은 곳도 이곳이다. 평도 나루를 건너, 도화→능강→술모시→늪실이의 강을 따라 난 30리 길을 걸었던 것이다. 지금은 모두 물속에 잠긴 마을이요 길이다. 도화면 황석리에 고인돌 떼가 있고 1980년대 초 이곳에서 멀지 않은 한수면 명오리에서 중기 구석기 시대의 주먹 도끼, 밀개 등이 나오고 사기리의 강가에서는 후기 구석기 시대의 완전한 집자리가 발견되었다. 또 이 길은 의병장 유인석과 이강년이 1896년 충주를 쳐서 관찰사를 죽이고 10여 일간이나 성을 지키다가 패퇴한 금수산 기슭을 돌게 돼 있었는데, 그 전적지들이 물에 잠기지 않은 것은 다행한 일이다.

적성 산성에서 멀지 않은 단양은 20대 초반에 우리 집이 한때 살던 고장이다. 적산현(赤山縣) 또는 적성현이라 해서 고구려 때부터 있어 왔던 이 오랜 고을은 이제 반 넘어 물에 잠기고 그 대부분이 매포면 상진리로 옮겨 가서 새 단양을 이룩했다. 1981년 네안데르탈인의 뼈가 발굴되어 학계의 관심을 불러일으켰던 곳도 여기서 멀지 않은 매포면 상시리(上詩里)며, 수몰 지역의 유적 조사 때 동굴 속에서 이미 멸종된 코뿔소와 원숭이 등 구석기 시대의 동물 뼈 화석과 전기 구석기 시대의 주먹 도끼, 그 밖의 중석기 및 신석기, 청동기 시대의 유물이 나온 곳도 지금의 새 단양이 자리 잡고 있는 상진 나루 옆에 있는 도담리다.

상진 나루는 남한강 상류에서는 가장 번성하던 나루였다. 서울에서 올라온 소금 배나 짐 배는 상진 나루에서 대개 나머지 물건을 풀었는데, 물건들은 여기서 육지로 해서 죽령을 넘어 영남으로 갔다. 충북 민속 보존회 회장인 박재용 씨가 채집하고 매포중학교 교사 김각규 씨가 채보한 이 고장 노래에 다음과 같은 짐 배 노래가 있다.

영월에 영춘에 흐리고 나리는 물은

도담 삼봉 안고 돌고

도담 삼봉 흐르는 물은

만학 천봉 안고 도네

만학 천봉 흐르는 물은

옥순봉을 안고 돌고

옥순봉에 흐르는 물은

흘러흘러 잘도나 가네

앞편 강에 띄우는 배는

임을 실은 꽃배인데

뒷편 강에 띄우는 배는

놀이하는 놀이배고

얼씨구 좋다 얼씨구 좋다

술렁술렁 잘도나 가네

새재와 죽령과 박달재

남한강 유역이라는 점과 함께 중원 비장의 특색은 남쪽을 준험
한 소백산맥이 가로막고 있다는 점이다. 따라서 중원 문화는 먼저
고개 문화를 얘기하고 나서 얘기할 수 있다.

중원 지방에서 가장 중요한 고개는 소백산맥을 가로질러 경북
과 충북을 잇는 새재〔鳥嶺〕다. 이 고개는 험하고 지금은 옆의 이화

령에 밀려 중요성을 잃었지만 조선 왕조 때만 해도 영남과 서울을 잇는 유일한 통로였다. 이 고개가 언제 뚫렸는지 정확한 기록은 없으나 고려 때 개통된 듯하며 조선 왕조 때부터 조령이라고 불리게 된 것 같다. 전설에는 태종이 처음 새재의 길을 닦았다고 하나, 남북으로 18리에 이르는 석성을 쌓고 조령관, 조곡관(鳥谷關), 주흘관(主屹關)의 세 관문을 세운 것은 숙종이다.

새재처럼 많은 얘기를 가지고 있는 고개도 드물다. 병자호란 때 강화파의 대표적 인물이었던 최명길은 새재에서 성황 여신과 동행한 것이 인연이 되어 벼슬길에 오르게 되고, 임진왜란 때 신립은 그가 버린 처녀 귀신의 꾐으로 부장 김여물 등의 권유에도 불구하고 이곳을 지키지 않고 탄금대에 진을 쳤다가 패해서 죽는다. 또 서얼인 박응서, 서양갑 등이 도둑질을 하며 세상을 뒤엎을 꿈을 꾸던 곳도 이곳이며, 진주 민란의 주동자 이필제가 다시 영해 민란을 주도하기까지 숨어 지내던 곳도 이곳이다. 새재에는 특히 의적과 도둑들의 얘기가 많은데, 그것은 새재가 그만큼 험하기 때문이다. 또 과거 보러 가는 선비에 관련되는 얘기가 많은 것은 영남의 선비들이 거의 이 길을 통해서 서울 나들이를 했다는 사실을 말해 주는 것이다.

조선조에 들어와서는 영남에서 서울 가는 관문으로 새재가 가장 중시되었지만, 신라 때는 죽령이 더 많이 이용되었음이 분명하다. 그때로서는 소백산을 넘는 고개가 한강의 뱃길을 확보하는 데 중요한 구실을 했을 것이기 때문이다. 경북 풍기와 충북 단양을 잇는 죽령에서는 한강의 상진 나루가 불과 50여 리 안팎이니 소금은 상진 나루에서 내려져 육로로 죽령을 넘어서 신라로 갔을 것이다. 상진 나루에서 죽령 쪽으로 10여 리를 가서 장림역(長林驛)이 있고 죽령 속에는 거기 딸린 용부원(用富院)이 있었는데, 모두 소금 운반에 중요한 역할을 했던 듯, 지금은 대강면의 장림리로 또 용부원리(龍夫院里)로 남아 있는 두 곳에는 유난히 소금에 얽힌 얘기가 많다.

죽령은 영남의 서울 관문인 새재, 추풍령 가운데서도 해발 689미터로 가장 높고 험하며 2,000년 전에 뚫린 역사가 가장 오래된 고개이다. 신라가 이 길을 뚫은 목적은 첫째, 소금 길을 확보하기 위해서고 둘째, 군사적으로 서해로 가는 뱃길이 필요했기 때문이었을 것이다.

신라 때 죽령에서는 큰 국행제(國行祭)가 있었는데, 조선조에 와서는 이 국행제가 지방제로 떨어졌다. 죽령사라는 사당을 세우고 산신에게 올리는 이 제사는 단양, 제천, 청풍, 풍기, 영춘의 다섯 고을 관장이 제주가 되는 관행제였다. 이 고장 사람들은 이 제사를 신성하게 생각했다. 여신인 산신에 대한 이 죽령 산신제는 지금은 산속 마을인 용부원리의 부락제로 유지되고 있으며, 다른 부락제들이 보통 밤에 행해지는 데 비해 낮에 행해지는 것이 특징이다. 옛날 용부원 자리 뒤에 세워져 있는 죽령 산신당은 지방 민속 자료 제3호이다.

위의 두 재가 영남의 관문인 데 반하여 박달재는 중원 지방의 동과 서를 잇는 길목이다. 이 재는 보부상들이 넘나들던 장사 고개로 널리 알려져 있으나 역사는 오래되었다. 『고려사』에는 고려 고종 3년(1216)에 쳐들어온 거란군이 다음 해 박달재에서 고려의 장수 김취려에게 대패했다고 기록되어 있다. 또 1258년에는 몽고군이 이 고개에서 충주의 별초군에게 전멸한다. 고려는 이때 사로잡힌 거란 병정들을 장사하며 자유롭게 살게 했으니, 이곳이 지금의 봉양면 공전리에 있는 거란 장터이다. 그러나 이미 장이 서지 않은 지 오래인 이 옛 장터에는 지금 거란인의 후예를 자처하는 사람은 찾아볼 수가 없다.

박달재는 의병 전쟁과 깊은 관계가 있는 고개이기도 하다. 유인석, 이강년 부대가 충주를 칠 때 이 고개를 넘어갔고, 패퇴해서 재집결한 곳도 이곳이다.

또한 박달재는 옹기장수들이 넘나들던 고개이기도 하다. 박달재에서 동북쪽 샛길로 빠져 10여 리를 가면 점골이 나오는데, 이곳이 1801년 신유사옥 때 황사영이 교난을 피해 옹기 굽는 토굴 속에 숨어 있으면서 북경의 주교에게 한국 교회 박해의 실정을 알리고 그 구제책을 건의한 백서(帛書)를 써서 보낸 사기점 마을이다. 박해를 무릅쓰고 프랑스의 신부 베르느, 부르티, 더블뤼 등이 이곳에 와서 옹기 굽는 일을 하면서 한국 최초의 신학교를 세우고(1856) 학생 여섯을 가르쳤다는 배론은 바로 그 옆 마을이다. 박달재 부근에는 옹기며 사기 굽던 자리가 유난히 많았고, 내가 서너 차례 이 근처를 다니면서 가장 많이 들었던 얘기도 옹기며 사기 장수에 관계되는 얘기였다.

이번 역사 기행은 중원 문화를 다시 한번 돌아볼 수 있는 기회였다. 함께 여행한 충주 공업 전문대의 김현길 교수는 지표 조사 결과 아무 데나 30센티미터만 파도 구석기와 신석기 시대의 유적이 나올 뿐 아니라 선사 시대의 유적이 없는 곳이 없다면서 중원 지방이 선사 문화의 보고임을 강조했다.

신경림 연보

1935년   4월 6일 충청북도 충주시 노은면 연하리 상입장 470번
지에서 신태하와 연인숙 사이 4남 2녀 중 맏이로 태어남.
본명은 응식(應植).

1955년(20세)   동국대학교 영문과 입학.

1956년(21세)   동국대학교 3학년 재학중 이한직의 추천으로 「낮달」
「갈대」「석상」 등을 『문학 예술』지에 발표하며 작품 활
동을 시작함.

1965년(30세)   낙향하였다가 시인 김관식의 권유로 서울로 돌아와 『한
국일보』에 「겨울밤」을 발표하며 작품 활동을 재개함.

1967년(32세)   동국대학교 영문과 졸업.

1970년(35세)   『창작과비평』에 「눈길」, 「그날」, 「파장」, 「벽지」, 「산 1번
지」 등을 발표.

1973년(38세)   첫 시집 『농무』 자비 출간(월간문학사).

1974년(39세)   『농무』로 제1회 만해 문학상 수상.

1975년(40세)   『농무』 증보판 출간(창작과비평사).

1977년(42세)   평론집 『문학과 민중』(민음사).

1979년(44세)   시집 『새재』(창작과비평사).

1980년(45세)   7월 '김대중 내란 음모 사건'에 연루돼 수감, 두 달 뒤에 석방.

1981년(46세)   제8회 한국 문학 작가상 수상. (편저)『한국 현대시의 이해』(한길사). 『반시선집』(실천문학사).

1982년(47세)   시 감상집 『우리의 노래여 우리들의 넋이여』(지인사).

1983년(48세)   평론집 『삶의 진실과 시적 진실』(전예원). (편저)『농민 문학론』(온누리). (편역서)『민중문화와 제3세계』(창작과 비평사). (편저)『4월 혁명 기념 시전집』(학민사).

1984년(49세)   민요 연구회 결성, 1989년까지 의장으로 활동.

1985년(50세)   시집 『달넘세』(창작과비평사). 『민요기행 1』(한길사). 수 필집 『한밤중에 눈을 뜨면』(나남).

1986년(51세)   평론집 『우리 시의 이해』(한길사). 수필집 『다시 하나가 되라』(어문각).

1987년(52세)   장시집 『남한강』(창작과비평사). 문학 선집 『씻김굿』(나 남).

1988년(53세)   시집 『가난한 사랑노래』(실천문학사). 시선집 『우리들의 북』(문학세계사). 수필집 『진실의 말 자유의 말』(세계문 학사).

1989년(54세)   『민요기행 2』(한길사).

1990년(55세) 기행 시집 『길』(창작과비평사). 『길』로 제2회 이산 문학 상 수상. 수필집 『새벽을 기다리며』(신명).

1991년(56세) 시선집 『여름날』(미래사).

1992년(57세) 문학 기행집 『강 따라 아리랑 찾아』(문이당). (편저) 『농 민 문학론』(온누리).

1993년(58세) 시집 『쓰러진 자의 꿈』(창작과비평사).

1994년(59세) 『쓰러진 자의 꿈』으로 제 8회 단재 문학상 수상.

11996년(61세) 시선집 『갈대』(솔출판사).

1997년(62세) 동국대 석좌교수로 위촉됨.

1998년(63세) 시집 『어머니와 할머니의 실루엣』(창작과비평사). 이 시 집으로 제6회 대산 문학상, 제8회 공초 문학상 수상. 산 문집 『시인을 찾아서 1』(우리교육).

2000년(65세) 자전 수필집 『바람의 풍경』(문이당).

2001년(66세) 제6회 현대 불교 문학상 수상.

2002년(67세) 시집 『뿔』(창작과비평사). 제6회 만해 시 문학상 수상. 산 문집 『시인을 찾아서 2』(우리교육).

2004년(69세) 『신경림 시전집』(1, 2) (창작과비평사).

2005년(70세) 현재 민족 문학 작가회의 상임 고문, 동국대학교 석좌 교수.

민요기행 ②

초판 1쇄 발행일 • 2005년 10월 15일
초판 2쇄 발행일 • 2007년 8월 20일
지은이 • 신경림
그린이 • 이보름
펴낸이 • 임성규
펴낸곳 • 문이당

등록 • 1988. 11. 5. 제 1-832호
주소 • 서울시 성북구 동소문동 4가 111번지
전화 • 928-8741~3(영) 927-4990~2(편)
팩스 • 925-5406
ⓒ 신경림, 2005

홈페이지 http://www.munidang.com
전자우편 webmaster@munidang.com

ISBN 89-7456-295-2 84810
ISBN 89-7456-293-6 84810 (전 2권)